MARY LA NOIRE

L'INTÉGRALE

MARY LA NOIRE

L'INTÉGRALE

TEXTE DE RODOLPHE
DESSINS DE FLORENCE MAGNIN

Lettrage : François BATET

DARGAUD

PARIS • BARCELONE • BRUXELLES • LAUSANNE • LONDRES • MONTREAL • NEW YORK • STUTTGART

DANS LA MÊME COLLECTION :

L'AUTRE MONDE
(scénario : Rodolphe)

1. LE PAYS ROUX
2. DE L'AUTRE CÔTÉ DU CIEL
L'INTÉGRALE L'AUTRE MONDE

MARY LA NOIRE
(scénario : Rodolphe)

1. LES TRÉPASSÉS
2. PASSE DE L'AU-DELÀ
L'INTÉGRALE MARY LA NOIRE

L'HÉRITAGE D'ÉMILIE

1. LE DOMAINE HATCLIFF

À PARAÎTRE :

2. MAEVE (MARS 2003)

Cette édition, enrichie d'un cahier inédit de douze pages,
regroupe les deux albums de *Mary la Noire* parus respectivement en 1995 et 1997.

www.dargaud.com

© DARGAUD 2002
Tous droits de traduction, de reproduction et d'adaptation strictement réservés pour tous pays.
Dépôt légal : décembre 2002 • ISBN 2-205-05339-6
Imprimé en France en novembre 2002 par PPO Graphic, 93500 Pantin

— Carnet de bord —

5

Storyboard du tome 1

7

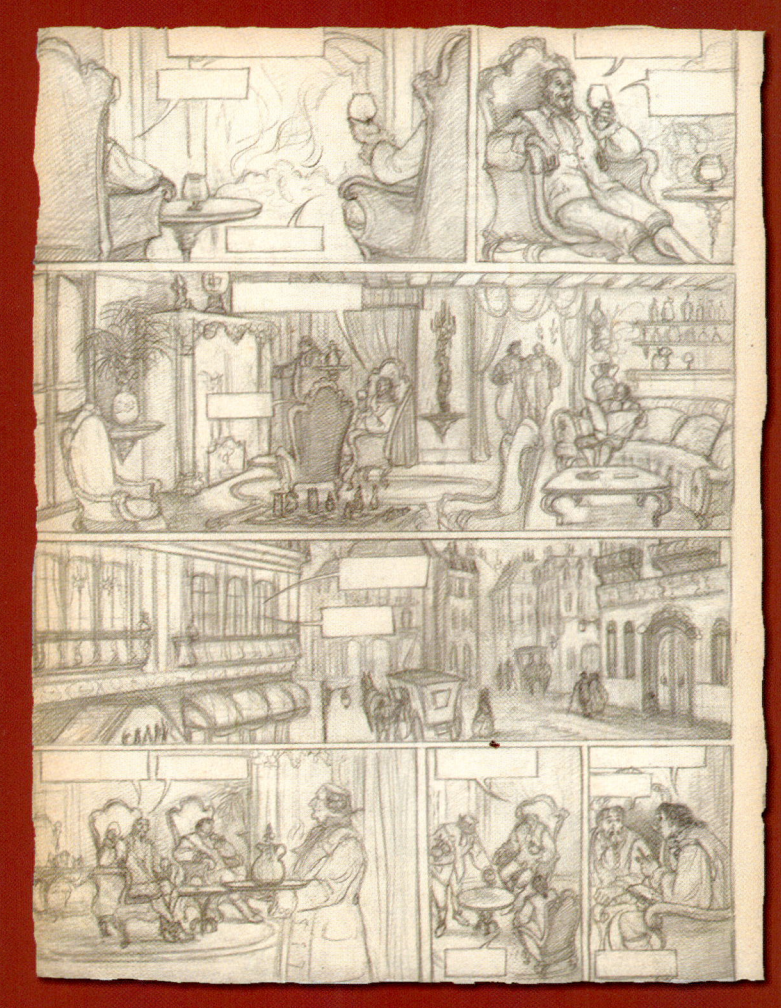

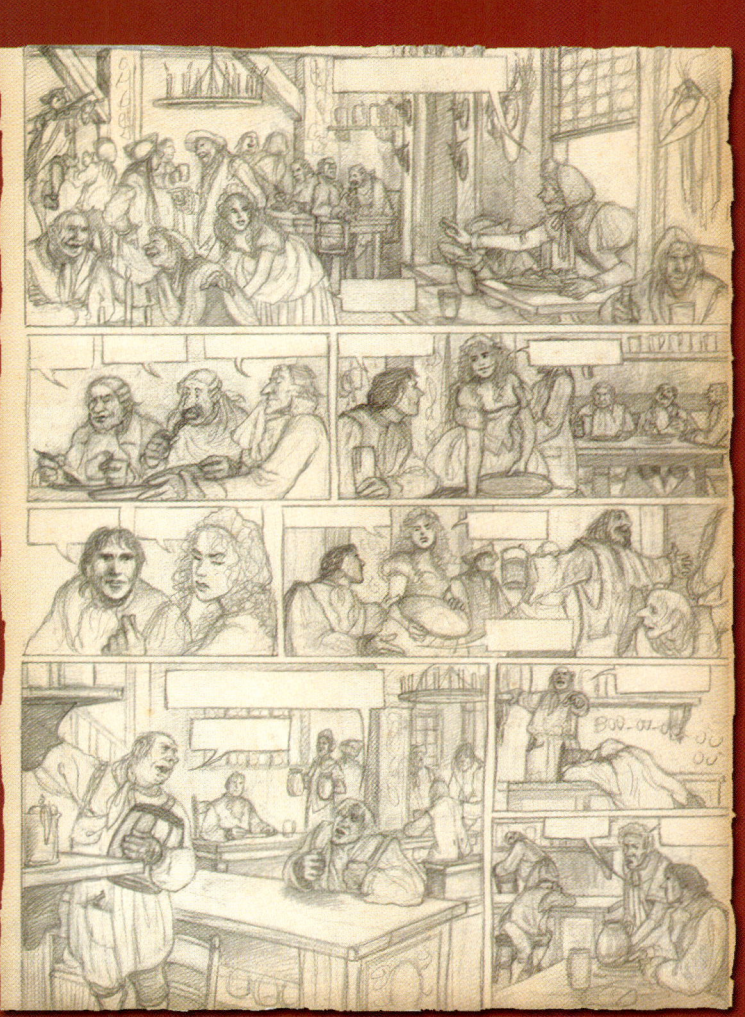

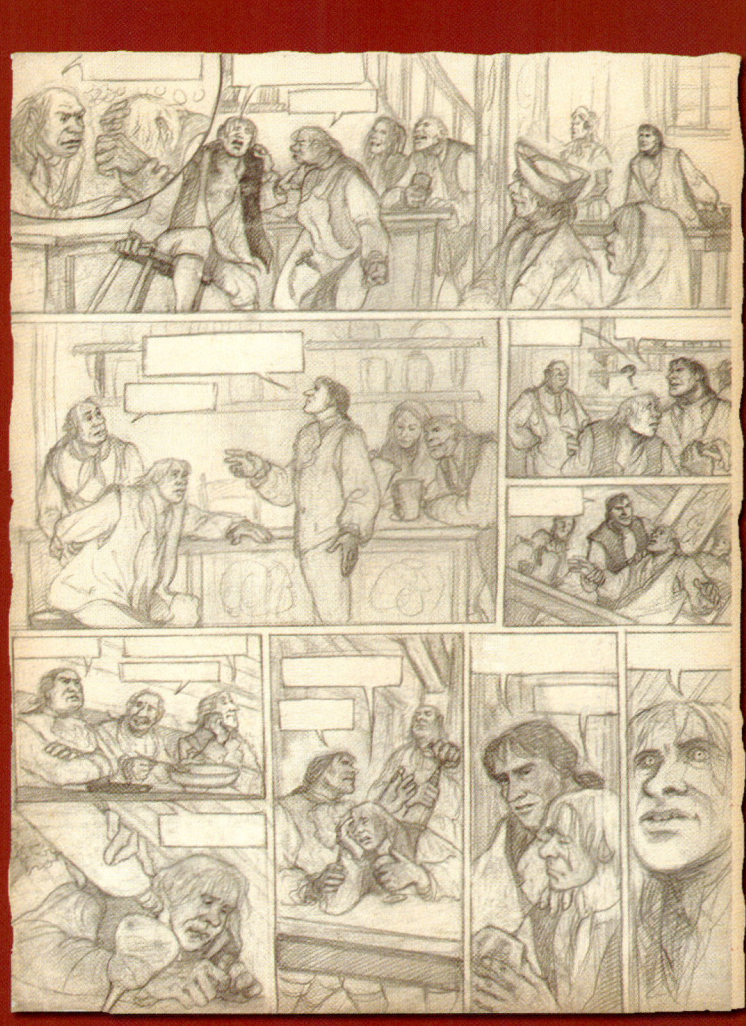

8

Storyboard du tome 2

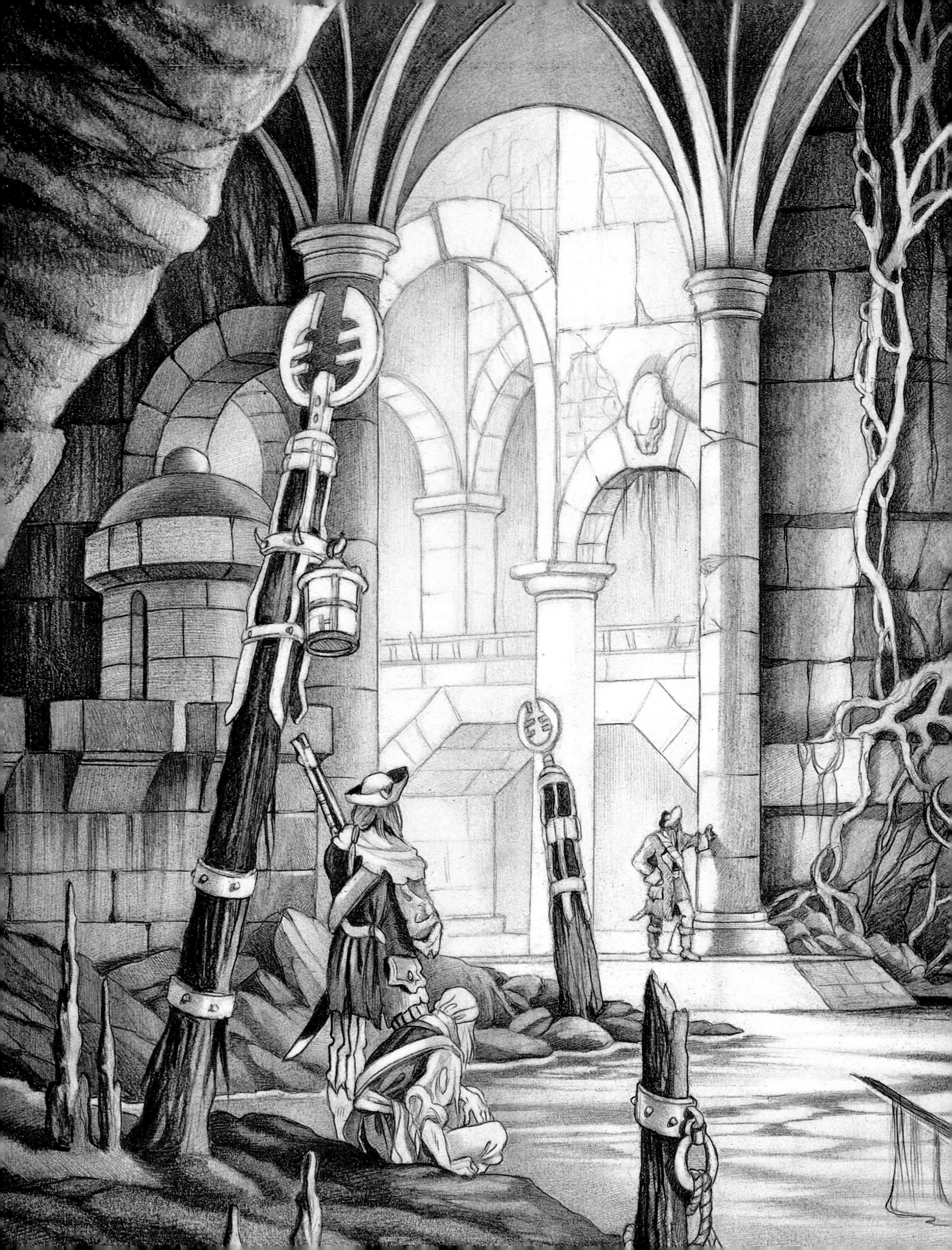

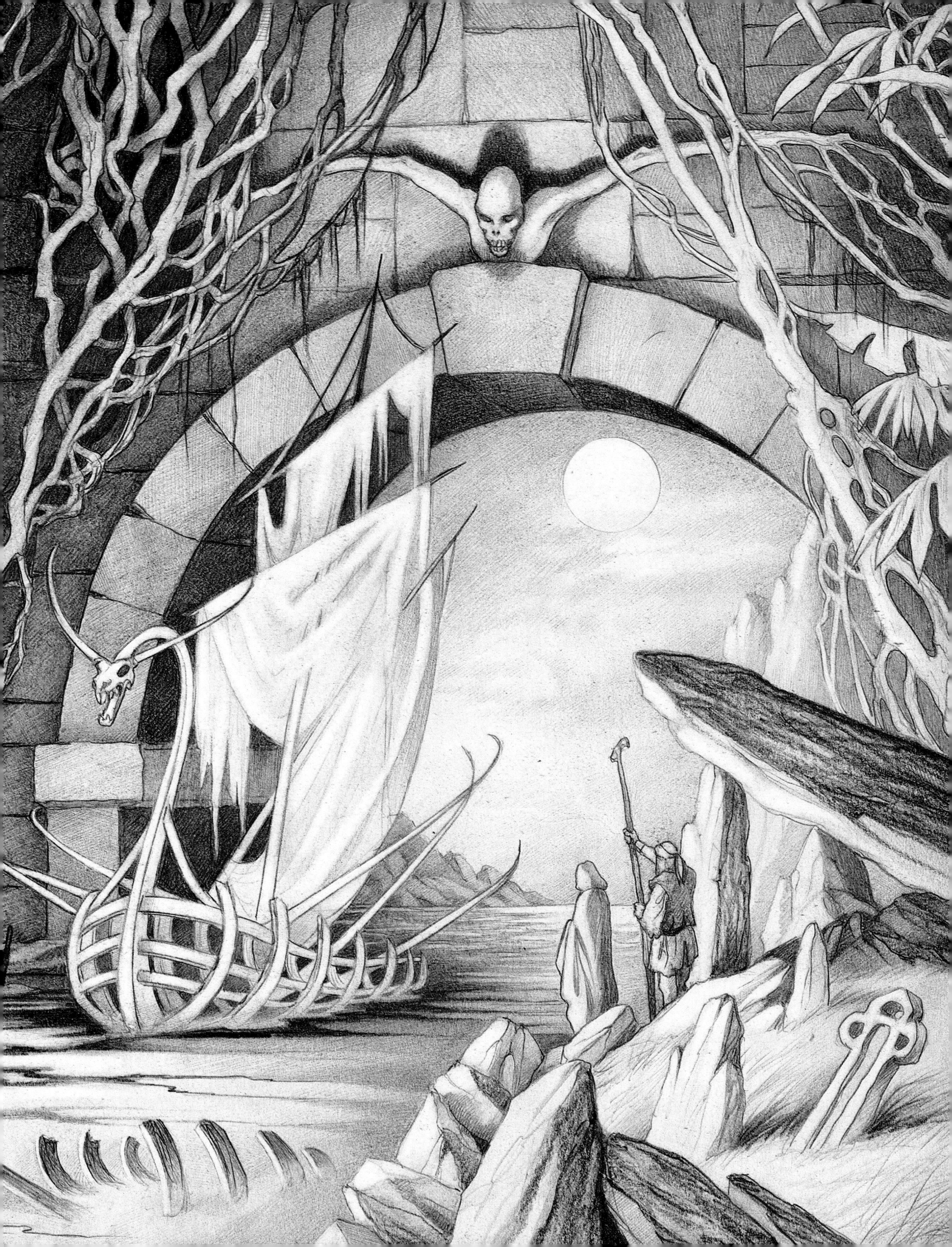

12

La complainte de Mary...

Caraïbes...

L'île des morts...

Légendes :

Page 3 : Ex-libris pour la librairie SANS TITRE
Page 8 : crayonné de jaquette pour Daniel Maghen
Page 10 : Ex-libris pour la librairie BULLES D'ENCRE (en haut, à gauche).
En bas, crayonné de la couverture de l'intégrale et études de personnages
Page 11 : Ex-libris pour la librairie FANTASMAGORIES
Page 12 : Ex-libris pour la librairie FANTASMAGORIES repris pour un jeu de cartes "Pirates des Caraïbes"
Page 13 : Ex-libris CANAL BD
Page 14 : Illustration pour le jeu "Marco Polo" (INFOGRAMES)

RODOLPHE

MAGNIN

MARY LA NOIRE

1. LES TRÉPASSÉS

MARY LA NOIRE

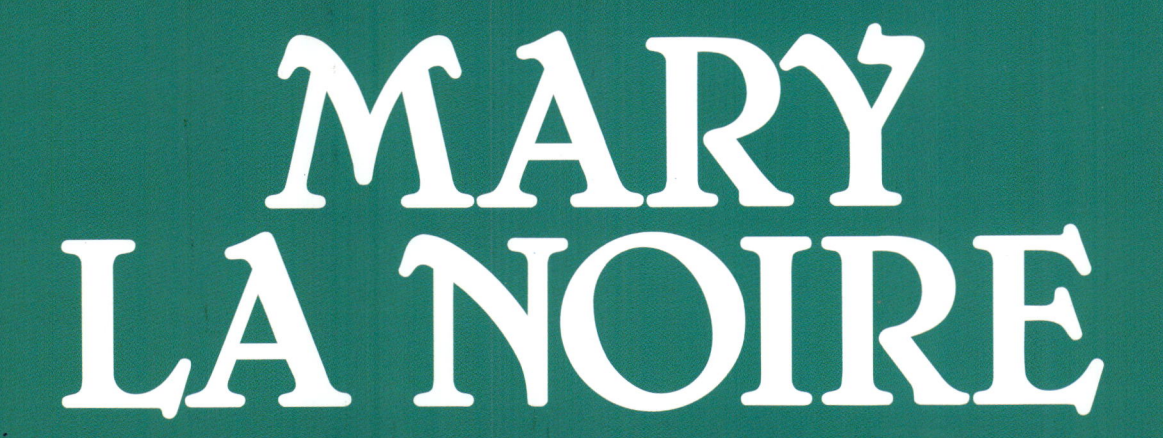

1. LES TRÉPASSÉS

TEXTE DE RODOLPHE
DESSINS DE FLORENCE MAGNIN

Lettrage : François BATET

DARGAUD

PARIS • BARCELONE • BRUXELLES • LAUSANNE • LONDRES • MONTREAL • NEW YORK • STUTTGART

Cette histoire a pour cadre principal le village de Mordwick, un petit port accroché au granit noir de la côte...

...Une trentaine de maisons blotties contre la tour carrée de la vieille église, et résistant vaille que vaille aux assauts des tempêtes... Deux ou trois commerces, un pub faisant à la fois office de restaurant et d'hôtel, des pêcheries plus au nord...

Alentour, au-delà des limites du village et de son vieux cimetière, des ajoncs et des ronces bousculés par les vents.

C'est là, par une nuit d'octobre...

Celle-ci !

— Qu'est-ce qu'ils fichent ?
— Est-ce que je le sais ?
— C'est vous qui avez la lunette, non ?
— Bon Dieu ! Qu'est-ce qu'on se les gèle !...
— On dirait qu'ils creusent... Oui : on dirait qu'ils creusent à l'emplacement d'une des tombes !...
— Hein ?!

— Mais passez-moi cette lunette, bougre d'abruti !
— Abruti vous-même !...D'abord, elle est à moi, cette lunette !
— Par Saint-George !!
— Doucement ! Doucement !

— C'est bon. Posez-le...
— Ouvrez !...

Alors? Qu'est-ce que vous voyez?
Je vous rappelle que c'est là MA lunette, et que si vous ne me la rendez pas sur le champ...
Chut!...
Enveloppez-la là-dedans...
Faites vite, mille diables! Qu'on ne passe pas la nuit ici!...
Viens, toi!... Le plus dur est encore à faire!...
Imbécile!! Foutu imbécile! Juste au moment où j'allais voir...
Où vous alliez voir quoi?
Tranan̈er-re! Tranan̈er-re!...

— Qu'est-ce que tu as?

— Quelque chose a brillé tout à l'heure sur la falaise... Comme un éclat ou un reflet...

— Je vais rester en arrière avec Jeeves...

LEONORA CALLINGTON
1796–1815

— Parfaitement : un abruti! Un abruti notoire!... Pour une fois qu'on tient une piste!...

— J'en référerai à qui de droit!

— Messieurs! Je vous en conjure! Cessez là cette stupide querelle! Dites-moi plutôt ce que vous avez vu!...

— Ce que j'ai vu? La morte!!

— La morte?...

— Miss Callington! Je suis sûr que c'était elle!... Ils ont ouvert sa tombe et volé sa dépouille!...

— Mais qui : "ils"?

— Et moi de même!

— Il y avait deux femmes... Deux femmes et quatre hommes... Des marins à en juger par le vêtement...

— Des marins?

— Aaaah...

— Vous cherchez quelqu'un, matelots?

"Je ne fus, hélas, pas témoin oculaire de cette scène, et de la correction que reçurent les 3 policiers. Tout cela me fut rapporté par la suite..."

"À ce moment-là, j'étais dans ma résidence de Willow, et toute mon énergie était accaparée par Lady Winter et sa très aimable sœur..."

Hi, hi, hi...

Lord James ! Très cher ! C'est à moi !...

toc toc toc

?!!

Entrez, Philipp ! Entrez !

Posez le tout sur le guéridon. Merci !

Mesdames, je vous convie au breakfast...

Déjà ?!... Mais la nuit vient à peine de commencer !...

Libertine !

Ah ! Ils ont enfin remis mon roman en première page ! Il était temps !...

Voyons la chronique de ce bon Simpson...

Mais ?!... Par tous les diables !!...

Serait-il devenu fou ?!...

Pffffff...

— Écoutez cela, Mesdames ! L'article s'appelle "Les Fantômes de la Couronne..."

"Depuis quelque temps, dans les milieux proches de la couronne, circule une..."

PFFFFAAA

"Depuis quelque temps, dans les milieux proches de la couronne, circule une étrange rumeur... On chuchote, en effet, que le spectre de feu notre bon roi Edward..."

"Toutefois, le chancelier, Sir Randall, aurait fait ouvrir une enquête, et chargé ses meilleurs limiers d'éclaircir cette singulière affaire..."

— Pour le moins singulière, en effet !...

LA GAZETTE

"...serait apparu à plusieurs reprises à la reine, son épouse, dans les salons du palais. Bien évidemment, aucune communication n'en a été faite..."

TAC TAC

— Oui, Monsieur ?
— Au Clark's !
— Bien, Monsieur !

— Je suis curieux de savoir ce que tout cela signifie...

« J'avais profité d'un rendez-vous avec mon éditeur pour rendre visite à Simpson... »

— Passez me prendre à 10 heures !
— Bien Monsieur !
— Oh oui !... Tenez, j'ai là son livre dans mon sac...
— Lord James !
— Maria ! Regardez ! C'est Lord James !
— Vous êtes sûre ?

— Lord James !... Je... Pardonnez mon audace !... Auriez-vous la bonté de me signer votre livre ?...
— A moi aussi !...

— Allons !! Allez-vous le laisser en paix, oui ?...
— Merci Robert !

— Moi ! Moi !
— Mesdames ! Mesdames ! Je vous en prie !...
— S'il vous plaît !
— Lord James !!

— Et laissez cette porte ! C'est un club privé, ici !!...
— Damnées femelles !!

— Simpson est-il là ?
— Tout à fait, Sir !... Je crois qu'il est au fumoir avec Lord Finlay !...

— Hello, Simpson!
— Hé ? James !!...

— Je crois que vous m'avez sauvé la vie ! Ce vieux perroquet de Finlay avait entrepris de me raconter sa vie matrimoniale ! Nous n'en étions qu'à sa première épouse ! Or, comme vous savez, il en a eu 5 !...

— Mais dites-moi, mon cher : que puis-je pour vous ?
— Eh bien... Peut-être pourriez-vous me fournir quelques éclaircissements à propos de votre article paru dans la Gazette ?...

— Les fantômes ?... Ah !... Trouvons-nous une place au salon ; nous y serons plus tranquilles...

— Les brandys de ces messieurs !
— Merci, Philipp !

— Bien évidemment, vous ne croyez pas aux fantômes ?...
— Bien évidemment !... Mais cela dit, j'en raffole !
— Allez ! Racontez-moi !...

— Benjamin Wright, le valet de pied de la reine... C'est par lui que j'ai eu vent de l'histoire...

— Le spectre est apparu 4 ou 5 fois. Lui-même l'a vu à deux reprises...

C'était dans le salon d'hiver ; les lampes venaient d'être éteintes ; ne restaient que les veilleuses ; la reine était sur le point de se retirer quand...

AAAHHHH!!!

?!

!!!

Ed...Edward?... Est-ce bien vous?...

C'est bien moi, ma mie; c'est bien moi...

Mais?...N'êtes-vous pas mort?!...

Si fait...Si fait...

Tiens donc!... On a changé les lustres, à ce que je vois?!...

En effet... Je...

Les lustres et les rideaux?!...

Edward!! Oh Edward!! Si vous saviez comme vous m'avez manqué!...

Je le sais, ma mie, je le sais...

Sir Randall cherche à me gouverner comme il gouverne de fait, déjà tout le pays!... Je n'aime pas cet homme! Il...

?

!!!

« Wright aurait assisté à 2 de ces apparitions... On dit que Sir Randall aurait, lui aussi, vu le spectre... »

« Sir Randall ? »

« Oui... Et qu'il n'aurait guère apprécié ce retour imprévu !... »

« Ce qu'il chérissait le plus dans le souvenir de notre roi, c'est précisément que celui-ci n'était plus qu'un souvenir !... »

« En ce qui concerne les réalités, il entend bien ne partager son pouvoir avec personne !... Fût-ce avec un fantôme ! »

« Il a donc lancé une enquête discrète concernant ces affaires de revenants... »

« Ces affaires ?!... Entendez-vous qu'il y en ait eu d'autres ? »

« Bien entendu !... Mais c'est cette dernière qui a donné un relief particulier à l'ensemble !... Jusqu'alors, on se contentait d'en sourire... »

« Où en est-elle, cette enquête ? »

« Randall vient de dépêcher plusieurs policiers à Mordwick, sur la côte ouest... »

« Une jeune femme décédée ces dernières semaines et enterrée en présence de tout le village... Elle aurait été vue quelques jours plus tard, errant sur la digue ou la falaise !... »

« Formidable !!... »

« Pouvez-vous m'indiquer où se trouve ce Mordwick et comment on s'y rend ? »

« Hé ? Auriez-vous vraiment l'intention de...?... »

« Parbleu ! »

« Je crois que je vais reprendre un brandy. Pas vous ? »

"Je suis ainsi fait : le mystère m'enivre, le surnaturel me grise..."

"Je me délecte des rêves noirs et des songes morbides comme d'autres font des sucreries !..."

— Nous arrivons, Monsieur !
— Ah !...

— Portez mes bagages à l'auberge et faites préparer ma chambre. Je vais faire quelques pas...
— Bien Monsieur !

— Hooo !...

— Vide : j'avais bien vu !
— Personne n'en avait douté !
— Mais pourquoi diable avoir dérobé le corps ?!

— Que je sache, un fantôme n'a pas besoin de son...
— Chut !...
— Hum !...

— Léonora...

— Mourir à 19 ans !... Pauvre enfant !...

— Même si elle est devenue fantôme, est-ce là une consolation ?

— Drôle d'individu !... Je consignerai sa présence dans mon rapport !...

— C'est là toute la question !

— À moins qu'il ne s'agisse que de coïncidence ! En ces pays reculés survivent parfois d'étranges mœurs...

— À propos de rapport : lequel peut-il bien y avoir entre cette histoire de revenant et le vol de ce cadavre ?...

— Si nous poursuivions cette discussion au pub ? Il fait un froid de canard, ici !

— Une presque sauvagerie !

"Mordwick correspondait bien à l'idée que je m'en étais faite..."

"...et à la description que j'en ferai dans un futur roman..."

— Admirable !...

30

A L'ANCRE DE MISERICORDE
Bienvenue en notre modeste auberge!
Lord James! Quel honneur c'est pour nous!
Édma, mon épouse... et Rosie, notre fille!
Mesdames!...
Monseigneur!...
Lord James?! Lui?...
Mais, par tous les diables, qu'est-il venu faire ici?
Nous vous avons donné la meilleure chambre! Bien sûr, notre confort n'est pas celui de la ville...
Rosie, montre sa chambre à notre hôte...
Il va falloir en référer à qui de droit!...
Oui: ceci doit impérativement figurer dans nos rapports!
J'en reprendrais bien un autre...
Si Monseigneur veut bien me suivre...
Mais avec plaisir, ma jolie! Avec grand plaisir!
Quel bel homme!
Quelle délicieuse enfant!...

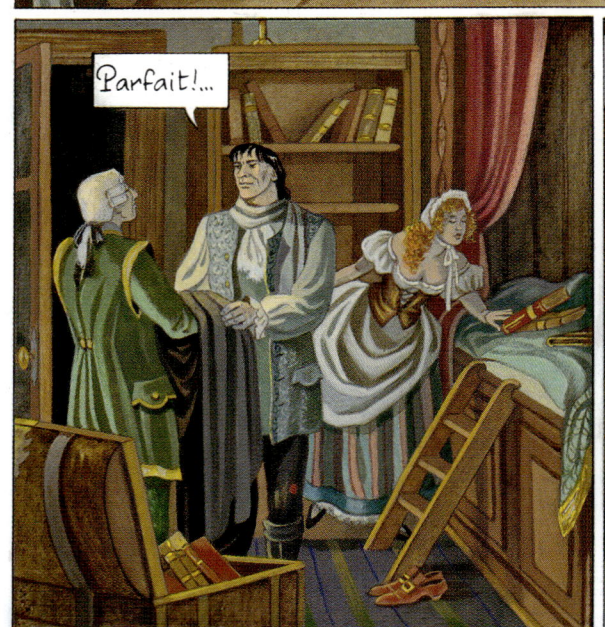

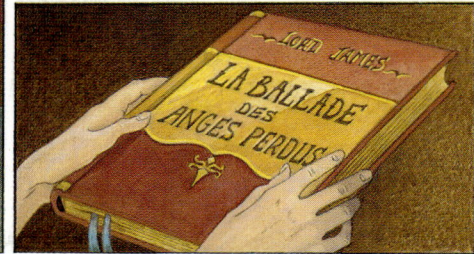

La chambre a vue sur la mer...

Parfait!...

Sont-ce mes livres que vous regardez ainsi?

Oh non! Je...

Ne vous en défendez pas: il n'y a là aucun mal...

Tenez! C'est pour vous!

Pour moi?...Oh!...

LA BALLADE DES ANGES PERDUS

Quel dommage que je ne sache pas lire...

Et comment le saurais-je, ce qu'il est venu faire?!... Je ne suis pas de la police, moi!...

Si vous tenez tant à le savoir, eh bien demandez-lui donc!

— Les perdrix de Lord James!
— J'arrive!...

— Des perdrix!! Il ne se refuse rien, celui-là!
— Bah! Le ragoût aussi, il est bon!
— La première fois, oui!... Mais c'est le troisième jour qu'on nous le ressert!...

— Dites-moi, belle enfant, quel âge avez-vous?
— 19 ans, Monseigneur...

— 19 ans?!... Mais alors: vous deviez connaître Léonora Wellington?
— Ici, tout le monde la connaissait...

— Je... Je ne peux rien vous dire...
— Pas maintenant...
— Plus tard, alors?

— S-sois gentil, Ron... Ressers-m'en un... ju-juste un!... Tu comprends, c'est pour le... chagrin... Pour faire passer le... chagrin!...
— Ah non! Ça suffit comme ça!!...

— BOU-OU-OUH...
— Tu as déjà trop bu, Leister!

— Un pauvre garçon!... Sa fiancée est morte il y a quelques semaines... Il essaye de se consoler avec la bouteille, mais ça ne lui réussit guère!
— Qui est-ce?

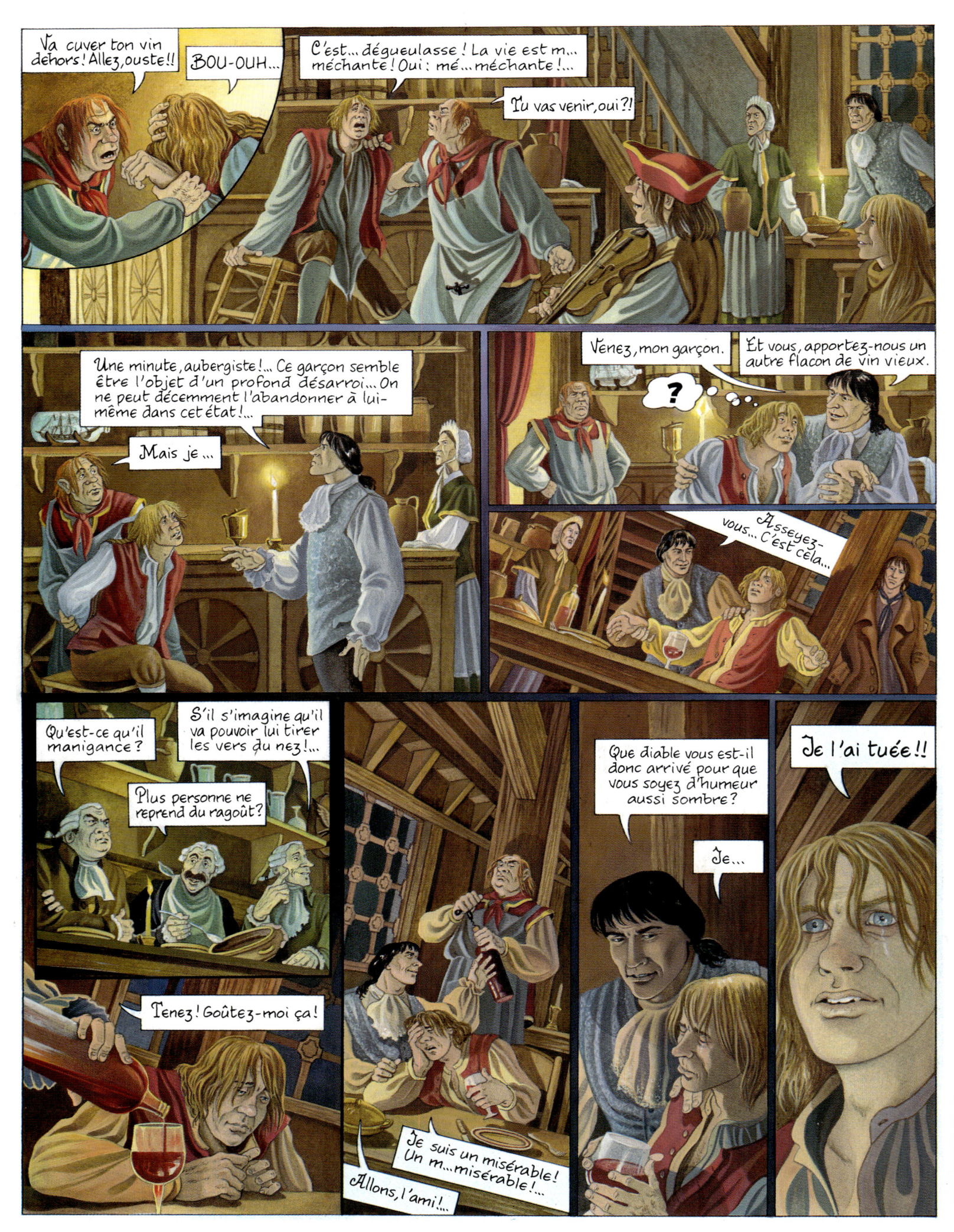

— Va cuver ton vin dehors ! Allez, ouste !!
— BOU-OUH...
— C'est... dégueulasse ! La vie est m... méchante ! Oui : mé... méchante !...
— Tu vas venir, oui ?!

— Une minute, aubergiste !... Ce garçon semble être l'objet d'un profond désarroi... On ne peut décemment l'abandonner à lui-même dans cet état !...
— Mais je...

— Venez, mon garçon. Et vous, apportez-nous un autre flacon de vin vieux.
— ?

— Asseyez-vous... C'est cela...

— Qu'est-ce qu'il manigance ?
— S'il s'imagine qu'il va pouvoir lui tirer les vers du nez !...
— Plus personne ne reprend du ragoût ?

— Tenez ! Goûtez-moi ça !

— Je suis un misérable ! Un m... misérable !...
— Allons, l'ami !...

— Que diable vous est-il donc arrivé pour que vous soyez d'humeur aussi sombre ?
— Je...

— Je l'ai tuée !!

"Entre deux sanglots et deux hoquets, ce pauvre garçon - il se nomme Leister Thomas - m'a raconté son histoire..."

Sa bien terrible histoire...

Il s'était fiancé à Léonora, aux Pâques dernières, et les noces devaient être célébrées à la Noël...

"Hélas, voici un mois, il avait emmené la jeune femme avec lui, relever ses filets..."

"Or sa barque fut prise dans des remous et chavira..."

Leister!!!

"Sa tête porta contre le basting, et il s'assomma à moitié. Néanmoins, il se cramponna..."

"Le temps qu'il reprenne ses esprits..."

Léonora?

"Léonora avait disparu..."

LÉONORA!!

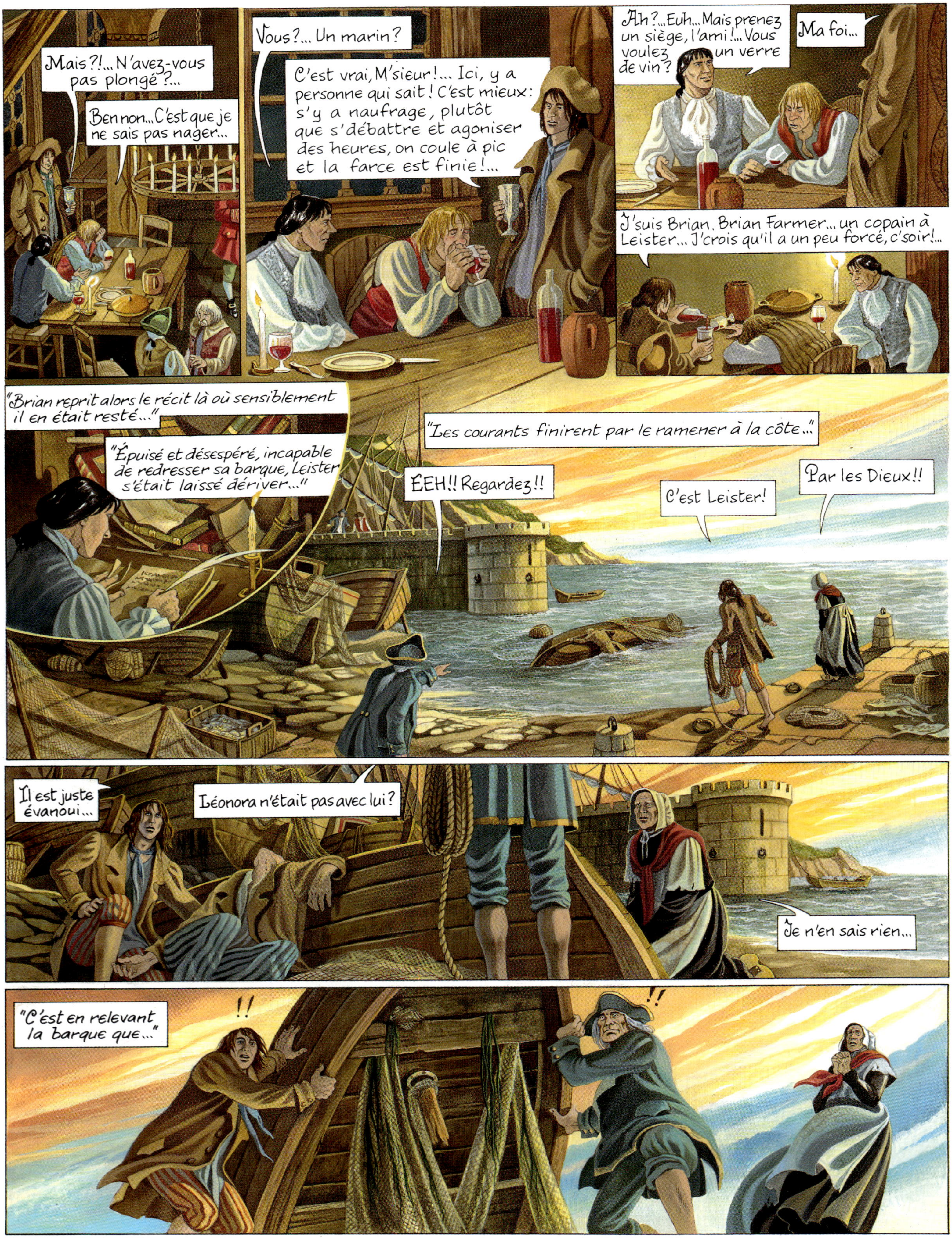
Mais ?!... N'avez-vous pas plongé ?...
Ben non... C'est que je ne sais pas nager...
Vous ?... Un marin ?
C'est vrai, M'sieur !... Ici, y a personne qui sait ! C'est mieux : s'y a naufrage, plutôt que s'débattre et agoniser des heures, on coule à pic et la farce est finie !...
Ah ?... Euh... Mais prenez un siège, l'ami !... Vous voulez un verre de vin ?
Ma foi...
J'suis Brian. Brian Farmer... un copain à Leister... J'crois qu'il a un peu forcé, c'soir !...
"Brian reprit alors le récit là où sensiblement il en était resté..."
"Épuisé et désespéré, incapable de redresser sa barque, Leister s'était laissé dériver..."
"Les courants finirent par le ramener à la côte..."
EEH !! Regardez !!
C'est Leister !
Par les Dieux !!
Il est juste évanoui...
Léonora n'était pas avec lui ?
Je n'en sais rien...
"C'est en relevant la barque que..."
!!
!!

— Sur l'moment, on a bien cru qu'y d'venait fou !... Y s'est arraché sa chemise, roulé par terre... Y s'donnait des coups de tête dans la barque comme s'y voulait s'assommer !...

NOOONN!!!

— Aubergiste ! Une autre !

— Comprenez qu'y s'sentait responsable ! Coupable comme qui dirait !... Vrai qu'il aurait dû être plus prudent, surtout avec la demoiselle à son bord !... Par là, les tourbillons sont fréquents !...

— Mais ce n'est pas ça, le pire !...

— Dites... Vous... Vous croyez aux choses du surnaturel ?...

— Comment cela ? Quelles choses ?...

— Les morts !...
— Les morts qui reviennent et qui rôdent !...

"C'était là, précisément, le point de l'histoire qui m'importait le plus..."

Brian reprit donc...

"C'était 3 jours après l'enterrement... Nous revenions d'une visite au cimetière... C'était un jour de brouillard : il n'était pas 5 heures, et déjà la nuit semblait tomber..."

Il fait froid, en plus !...

"À quelques mètres de nous apparut une silhouette de femme, portant une cape ou un châle..."

"Leister brusquement s'immobilisa..."

Qu'est-ce que tu... ?

Léonora !!!

Allons ! Tu sais bien qu'elle... qu'elle...

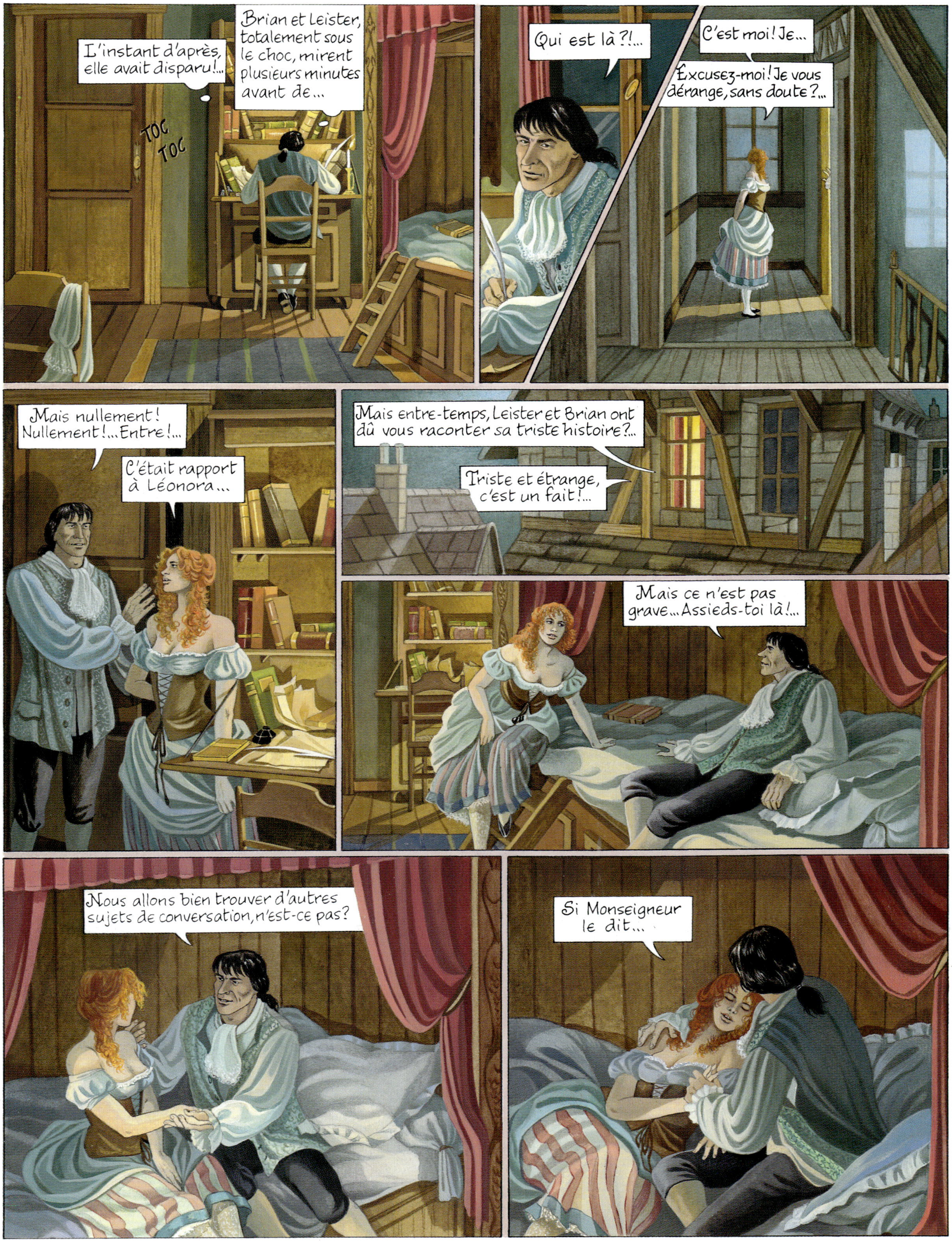
I'instant d'après, elle avait disparu!...
Brian et Leister, totalement sous le choc, mirent plusieurs minutes avant de...
TOC TOC
Qui est là?!...
C'est moi! Je...
Excusez-moi! Je vous dérange, sans doute?...
Mais nullement! Nullement!... Entre!...
C'était rapport à Léonora...
Mais entre-temps, Leister et Brian ont dû vous raconter sa triste histoire?...
Triste et étrange, c'est un fait!...
Mais ce n'est pas grave... Assieds-toi là!...
Nous allons bien trouver d'autres sujets de conversation, n'est-ce pas?
Si Monseigneur le dit...

KRiiiiii... KRiiiiii... KRiiiiii...

"Le lendemain était un de ces jours gris et tristes qui donnent aux braves gens envie de se pendre et qui font mon bonheur!..."

"Aussi étais-je sorti m'imprégner de cette atmosphère si délicieusement lugubre..."

"Au passage, je débusquai les groins des trois cochons qui, à l'évidence, représentaient la police de notre gracieuse Majesté..."

Messieurs!...

Hum!...

"Près de l'église, je croisai Leister..."

"Le désordre de son habit et de sa coiffure laissait entendre qu'il avait boudé son lit pour le plaisir particulier de quelque fossé bourbeux!..."

On a parlé d'elle, oui, je me souviens!... Je vous remets, maintenant!

Eh bien, l'ami ? Tu ne me reconnais pas ? Nous avons pourtant longuement bavardé hier soir !...

On a parlé d'elle et des fois où elle est revenue!

Des fois?

Dis-moi : lorsque tu parlais DES FOIS où Léonora est revenue, voulais-tu dire que son fantôme t'est apparu plusieurs fois ?

Hélas, Monseigneur!...

40

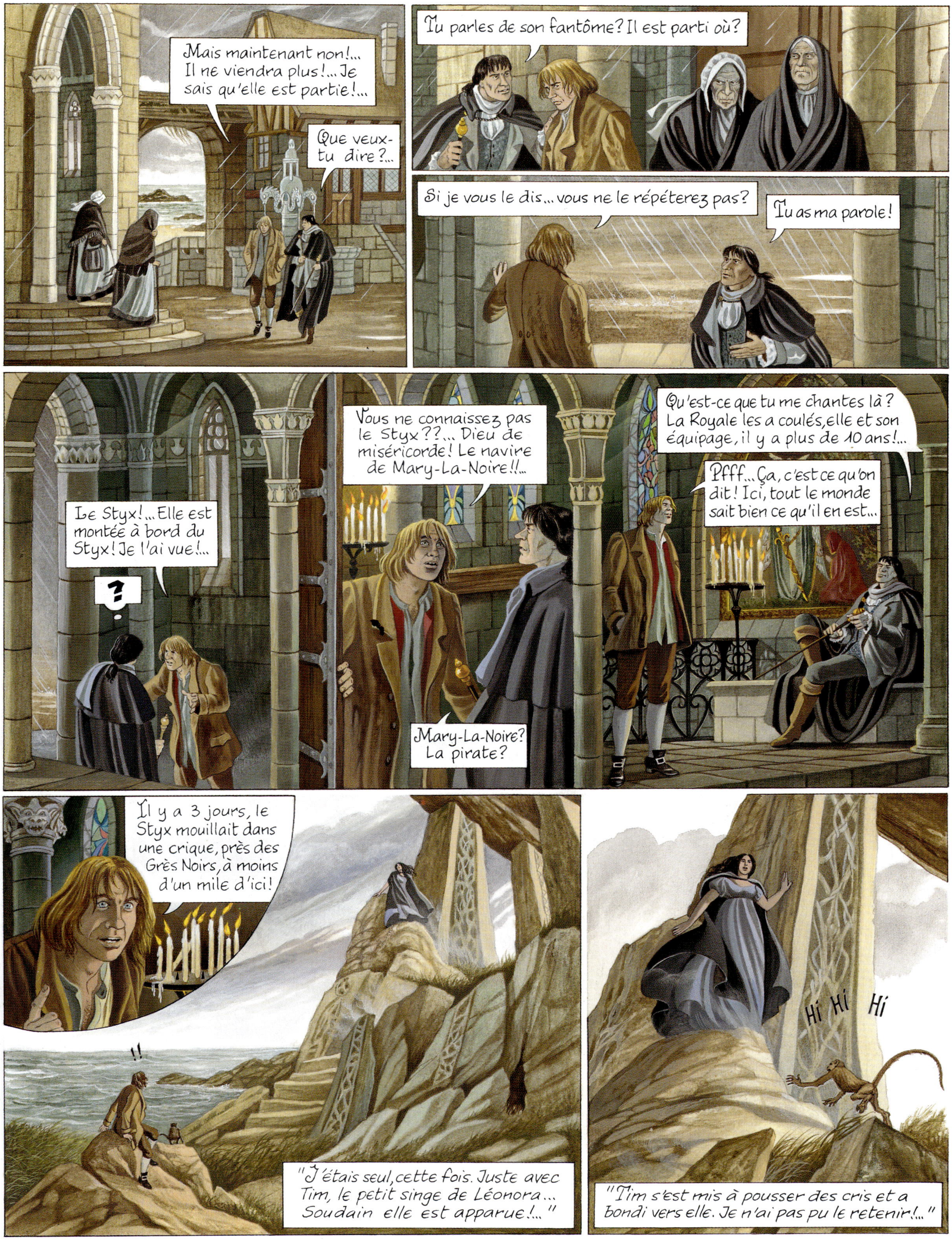
Mais maintenant non!... Il ne viendra plus!... Je sais qu'elle est partie!...
Que veux-tu dire?...
Tu parles de son fantôme? Il est parti où?
Si je vous le dis... vous ne le répéterez pas?
Tu as ma parole!
Le Styx!... Elle est montée à bord du Styx! Je l'ai vue!...
?
Vous ne connaissez pas le Styx??... Dieu de miséricorde! Le navire de Mary-La-Noire!!...
Mary-La-Noire? La pirate?
Qu'est-ce que tu me chantes là? La Royale les a coulés, elle et son équipage, il y a plus de 10 ans!...
Pfff... Ça, c'est ce qu'on dit! Ici, tout le monde sait bien ce qu'il en est...
Il y a 3 jours, le Styx mouillait dans une crique, près des Grès Noirs, à moins d'un mile d'ici!
!!
"J'étais seul, cette fois. Juste avec Tim, le petit singe de Léonora... Soudain elle est apparue!..."
Hi Hi Hi
"Tim s'est mis à pousser des cris et a bondi vers elle. Je n'ai pas pu le retenir!..."

— Quand elle nous a vus, elle s'est enfuie !

— Je les ai suivis comme j'ai pu...

— ...jusqu'à cette espèce de crête...

— Le Styx était là, mouillant à quelques encablures !... Une chaloupe l'a amenée à bord !...

— Comment peux-tu être sûr que c'était bien ce bateau-là, et non un autre ?

— Dieu me garde, Monseigneur ! Je sais voir ce qu'il faut voir ! C'était bien là ce maudit navire ! Droit sorti de l'enfer ! Gréé de neuf, les flancs noirs comme l'ébène avec, à son bord, le pire équipage qu'un navire ait porté !!

— M'est avis qu'ils se rechargeaient en eau douce ! Il y a des sources à côté...

— Mais Diable, quel rapport entre ce navire et le fantôme de ta pauvre amie ?...

— Hormis la parenté, aucun !

— Quelle parenté ??

— Ben, c'était sa nièce !... J'veux dire que Léonora, c'était la nièce de Mary...

— Mary-La-Noire était la tante de Léonora ?

— Voilà ! C'est ça !... C'étaient les deux dernières Heath-Bell !...

— Une très vieille famille d'ici... mais qui n'était guère trop aimée !... Suite à certaines pratiques... Enfin, d'après ce qu'on dit...

— Vous voyez ces ruines, là-haut ?... C'est ce qui reste du manoir !...

"Au début du siècle, une nuit, Ben-John y a mis le feu ! Presque tous les Heath-Bell ont été brûlés vifs !..."

"Ben-John, lui, on l'a pendu..."

KRAAA
KRAA

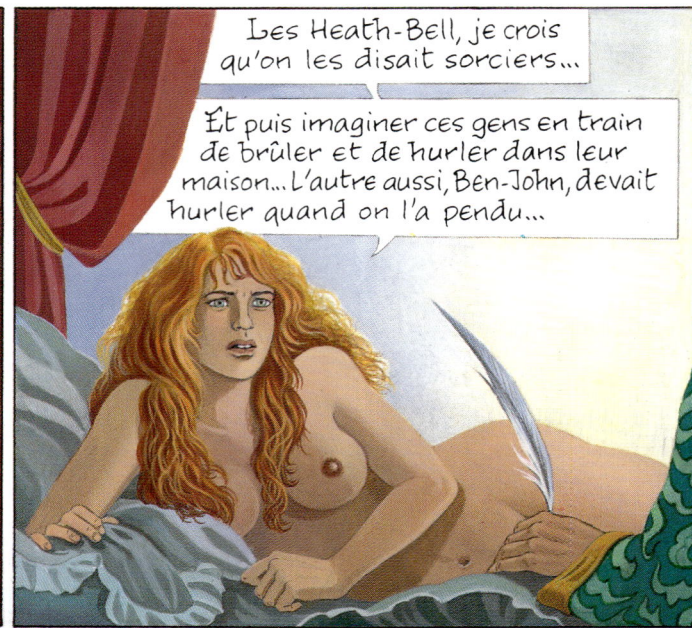

— Mon grand-père en parlait souvent, mais je ne me souviens plus des détails... Il est mort il y a si longtemps... Quand j'étais petite, tout ça me faisait peur...

— Les Heath-Bell, je crois qu'on les disait sorciers...
— Et puis imaginer ces gens en train de brûler et de hurler dans leur maison... L'autre aussi, Ben-John, devait hurler quand on l'a pendu...

— Léonora, elle, n'avait rien à voir avec tout ça. Elle a vécu hors d'ici... Ce n'était pas vraiment une Heath-Bell... Tout le monde au village l'aimait bien !...

— Dis-moi, petite fille, qu'y a-t-il dans les environs comme lieux de mauvaise vie où un gentleman peut se distraire ?
— Vous voulez sortir ?

— En effet !... J'ai quelque besoin de changer d'air !
— Non pas que ces histoires de fantômes, de pirates ou de sorcellerie me dérangent ! Au contraire !

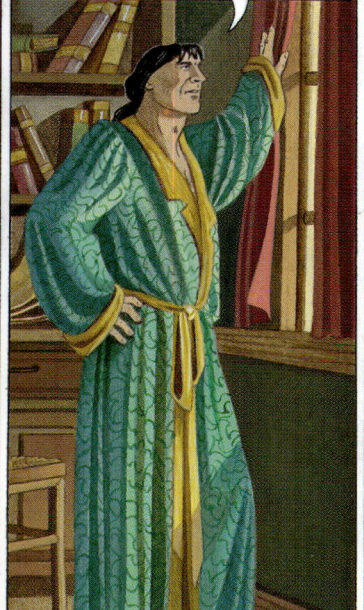

— Mais elles ressemblent par trop à celles que moi-même j'invente dans mes romans... Je risque de finir par m'y perdre...

— À Eaton, il y a plusieurs tavernes. Eaton est plus au Nord, à 6 ou 7 miles par la route de côte...
— Parfait ! Tu diras à mon cocher qu'il attelle la voiture !

"J'avais, un instant, espéré changer d'univers... Mais Eaton et ses bouges semblaient, eux aussi, directement sortis de mon imagination !..."

Impossible d'aller plus loin, Monseigneur.

Pourquoi cela ?

Le bas quartier d'Ysrow, la ville sur l'eau...

Hum...

Je continue à pied... attends-moi ici...

"Plus j'avançais, plus je m'enfonçais dans un inextricable dédale..."

Milord se sera égaré, sans doute?

Il devient urgent d'arriver quelque part...

Va pour le Bainbow's Church!

Que désires-tu boire, mon joli?
N'importe! Quelque chose de fort!...
"À la table d'à côté, un gentilhomme était en train de se faire plumer par des loustics..."
"Sans doute trichaient-ils et sans doute le gentilhomme n'aimait-il pas le procédé..."
Voilà, mon mignon!...
BLAM
BLAM

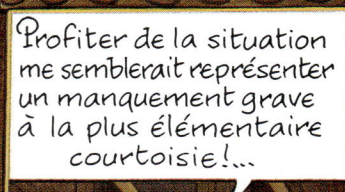

— Mes amis! Mes amis!...

— Avez-vous réalisé que ce Monsieur était seul, alors que vous êtes grand nombre?!?!

— Profiter de la situation me semblerait représenter un manquement grave à la plus élémentaire courtoisie!...

— Bonsoir, Monsieur!...

Eh bien, l'affaire est donc close!...
Messieurs, je vous invite à boire!... Ce soir, c'est moi qui régale!...
Aah!..
Tenez, chère amie! Ceci devrait vous aider à escamoter ces vilains cadavres, et à faire taire les curieux!...
À boire!! À boire!!
Moi!! Eeh! C'est à moi!
Ma bière!!
Norma!! Ooh! Et moi?
Ils étaient quatre matelots... Sur le coffre du mo-o-ort...
"J'avoue n'avoir pas gardé grand souvenir de la façon dont la soirée se conclua..."
HA HA HA HA
HI HI HI HI HI
À boire!! À boire!!
"Sans doute est-ce ce brave Herbert qui me ramena au bercail..."
Ils étaient quatre matelots... Sur le coffre du mo-o-ort...

"Les jours qui suivirent n'apportèrent rien de nouveau à mon enquête..."

"Plus le moindre fantôme ou pirate à l'horizon!..."

"Mordwick avait repris le cours habituel de sa petite existence âpre et frileuse..."

"Les trois policiers, truffe au sol, poursuivaient des pistes ridicules..."

Aut'fois, y avait des Gobelins! Ça, c'est sûr! Même qu'on les appelait aussi Korigans...

Qu'est-ce qu'il fait froid!...

"Et Rosy commençait à me peser par ses questions oiseuses et ses rêves de midinette!"

Hum!...

"Bref, je me lassai de Mordwick et commençai sérieusement à envisager de regagner Willow..."

Tu prends la mer? Tu ne crains pas de chavirer une nouvelle fois?

C'est méchant de vous moquer!... J'ai posé des casiers et je tiens à les récupérer!...

Attends! Je viens avec toi!...

"Avant de repartir, je m'étais promis de voir le village tel qu'on devait le découvrir, venant du large..."

Vous auriez pu choisir un autre jour!

La mer est franchement mauvaise! Si je n'avais pas ces fichus casiers à relever!...

C'est ce que je fais, l'ami! C'est ce que je fais!...

Tenez-vous bien!

SCHLOOOF

Ils sont loin, tes casiers?

Là-bas! Juste avant les rochers!...

Eh bien! Si on arrive entiers jusqu'...

SHLOOOF

Il n'avait pas tort, l'animal! J'aurais, en effet, pu choisir un autre jour!...

"La mer était franchement déchaînée..."

Si je peux t'être utile...?

SCHLOOOOUF

Non, non! Ne bougez pas! Ne lâchez pas la barre!...

On ne peut pas rester! La mer est trop forte! On va être jetés sur les roches! Tant pis pour les autres!...

Qu'est-ce qu'on fait? On rentre?

Impossible avec ce vent! C'est un vent de terre! Il nous pousse vers le large!...

Vers le large?!... Diable! Et comment donc allons-nous rentrer?

Dès qu'il se sera calmé! Ici, ça ne dure jamais très longtemps!

Dieu t'entende, l'ami!...

"Mais Dieu, décidément, n'entendait pas Leister!"

"Dieu devait être assourdi par l'épouvantable vacarme que faisaient le ciel et l'océan!..."

"Ou bien Dieu se moquait-il éperdument de ce qui pouvait bien nous arriver, à Leister et à moi?..."

Qu'est-ce que vous dites?

Je dis : plutôt que de s'occuper de nous, Dieu doit être en train de courir les gueuses et de les lutiner!...

Vous blasphémez!!

Sans doute... Et alors? S'il est sourd, il doit l'être autant aux blasphèmes qu'aux prières, non?

Penses-tu que nous allons devoir mourir cette nuit?

Taisez-vous!

Me taire? Pourquoi ça?... Un marin aguerri, comme vous, aurait-il peur?

Bien sûr que j'ai peur!...Et vous aussi, malgré vos méchantes phrases, vous crevez de trouille!!

C'est exact, l'ami!... Parfaitement exact!...

"La tempête ne s'éloigna qu'à la tombée du jour..."

— On ne voit plus la côte...

— Où sommes-nous?
— Comment le saurais-je?! En mer, tiens!...

— Qu'est-ce que tu fais?
— Pardi! Je mange!

— Crus?!...
— Dites-moi donc où est la cheminée que je les passe à la braise!...

— SLUURP...
— Plutôt que de te bâfrer tel un sauvage, tu pourrais peut-être te soucier de nous ramener à terre!...

— Ah oui? Et comment?
— Il n'y a plus un poil d'air!

— Si ça vous dit, z'avez qu'à souffler dans la voile!...

— Tu fais du mauvais esprit, Leister! Maintenant, on dirait que c'est ton tour de te moquer!...
— Comprends bien que je ne connais rien aux choses de la mer et de la marine!...
— J'avais remarqué!...

— À ton avis, combien de temps allons-nous rester en panne, comme ceci?

— Ça! Va-t-en savoir!...
— SLUURP!...

"Avec la nuit, le brouillard nous enveloppa..."

Et toujours pas le moindre souffle de vent!

SLUURRP...

Sûr qu'vous n'en voulez pas un morceau?

Tout ce qu'il y a de sûr!...

??...

Eh bien?

Vous n'avez rien entendu?

À part les ignobles bruits de succion que tu émets, non!

Des voix!!... Un navire doit passer juste à côté!...

Et avec ce maudit brouillard, il ne va pas nous voir!!...

EEEH!! OHEEEE!!! OHÉÉÉ DU NAVIRE!!

Il doit, en effet, ne pas être loin! On entend les voix comme si...

!!!...

55

Sainte-Mère!!...

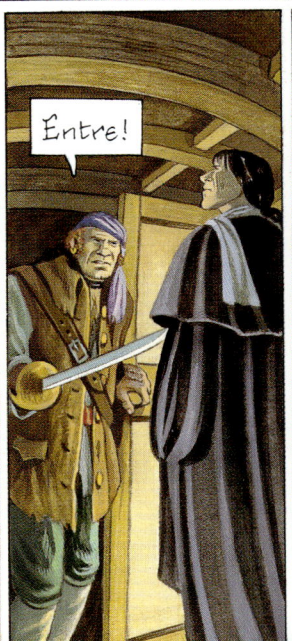

— Par le Diable !! C'est donc là le navire de cette fameuse Mary !...

— OHÉÉÉ !!
— Nooon !! Par pitié !!...

— Deux hommes ?
— Un pêcheur et un gentilhomme... J'ai mis leur barque en remorque...

— Un gentilhomme ?!... Que diable faisait-il dans une barque de pêche à plusieurs miles des côtes ?...
— Ça !...

— Donne-lui la cabine de l'entrepont. Et le pêcheur ?
— Je te le laisse...

— À bord d'un navire pirate ! Hé, hé !...
— Amenez-le !

— Non ! Pas toi !...
— Mais ?...
— Lord James ! Pitié !! Ne me laissez pas !...

— Mmmm... ces effluves de sang, de passion et de mort !...

— Entre !

— Prisonnier de Mary-la-Noire !... Magnifique !...

KLANG KLANG

"Le vent revint et le Styx prit une bordée... Au-dessus de moi, sur le pont, j'entendais courir..."

?

Chacun à son poste! Donnez toute la toile!!...

Hissez les focs et les perroquets!!...

Il prend de la vitesse!... En route pour l'aventure!...

KLANG KLANG

Viens!...

Si c'est pour me convier à souper, j'en serais ravi!...

Je dois avouer que j'ai grand faim!...

Le voici, Capitaine!...

C'est bien. Qu'il entre!...

Asseyez-vous et dites-moi donc...

?!

!!...

— Aussi curieux que cela paraisse, il semblerait que nous nous connaissions déjà…
— Vraiment ?
— Auriez-vous déjà oublié notre charmante soirée au Bainbow's church ?…
— Vous ?!…
— Avouez que le monde est petit ! Bien petit, en vérité !…

— Mais que diable faisiez-vous sur cette barque et qui la pilotait ?
— Ma foi !… Disons que je me documentais, je visitais les lieux… Quant à mon compagnon, c'est un marin de Mordwick nommé Leister…
— Cet idiot est ici ! Décidément, vous choisissez bien mal vos relations !

— Comment cela ?… Pardonnez-moi, mais je meurs de faim !
— Ma nièce et lui ont été fiancés, malheureusement pour elle !… J'ai dû la prendre avec moi, et si elle devine sa présence…

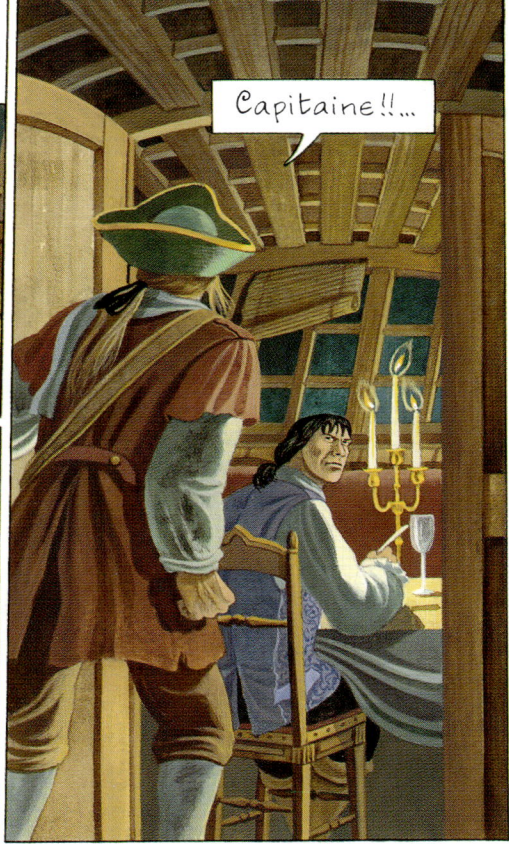

— Capitaine !!…

— Léonora est à bord ?… Mais ?!… N'est-elle pas…
— Morte, vous voulez dire ? Si, en effet !… Je vois que vous êtes au courant…

— Des feux ! Des feux arrière, tribord amure !... Hauts sur l'eau !...
— Je viens !...

— Eh, vous ! L'homme qui "visite les lieux" ! Venez donc visiter le gaillard avant !...

— Au fait, votre nom ?...
— James... Lord James...

— Là, Capitaine ! Droit devant !...

— Mmmm... Bien haut sur l'eau pour un brick !...
— Un vaisseau de ligne ?
— Plutôt un de ces gros commerçants ventrus, aux cales bien pleines, de retour à son port d'attache !...
— Quelle vitesse ?
— Il ne doit pas filer à plus de 5 nœuds !

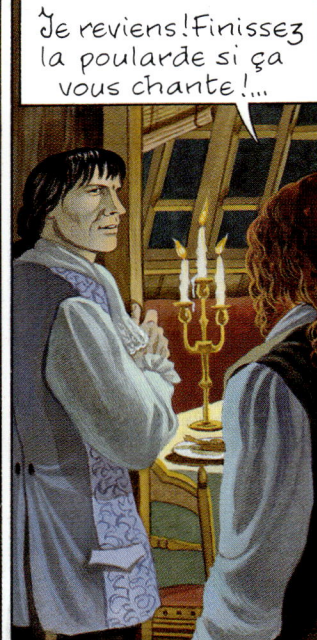

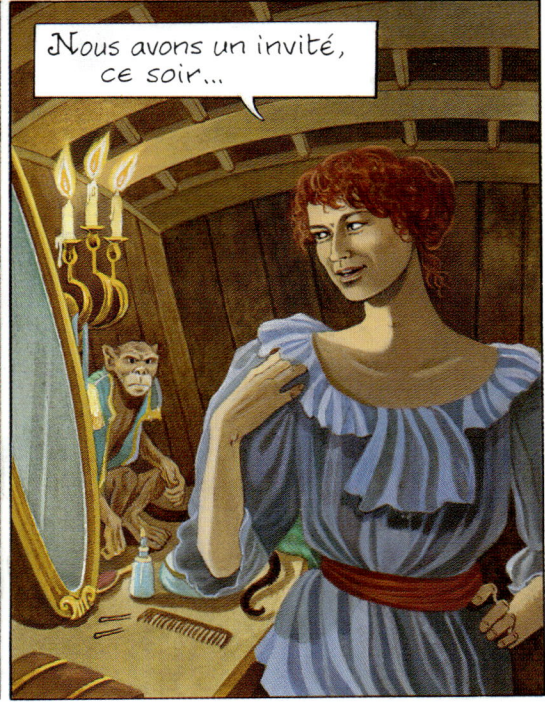

— Parfait! Nous l'aurons rejoint à l'aube!... Fais éteindre les feux et préparer le pont!...
— Tu monteras aussi un tonneau. Mais attends pour le mettre en perce!...

— Une tradition avant l'abordage! Histoire de se donner du cœur au ventre...
— ...et d'oublier que certains y laisseront un bras, une jambe, ou carrément la peau!...

— Allez, venez! Moi aussi, j'ai mon tonneau!...

— Je reviens! Finissez la poularde si ça vous chante!...

— Léonora est ici!!... Morte! morte et ressuscitée?... J'approche! j'approche!

— EEK?...

— Nous avons un invité, ce soir...

— Hé !
— Voilà pour le tonneau !

— Bon ! Maintenant, si vous m'expliquiez tout ça !...
— Tout ça, quoi ?
— Tout ça, tout ! Qui vous êtes, ce que vous faisiez avec Leister, ce que vous savez de moi et de la petite !...

— On le prendra tribord, pour garder le vent...
— Vérifie l'arrimage des pièces et fais distribuer la poudre...

— Curieux ! À vous écouter et vous voir, j'ai l'impression qu'on se ressemble, par certains côtés...
— Mais les choses que vous écrivez, moi je les vis !...

— Ma chère Mary !...
— ?...

— N'oubliez jamais que je suis seul maître à bord !... Et que je fais pendre ceux qui me déplaisent !!...

!!!

— Je... Je tâcherai de m'en souvenir !...

— Parfait !... Alors venez ! Le jour ne va plus tarder à se lever...

— Eh bien ?

— Si le vent se maintient, il sera à notre portée dans moins d'une heure !...

— Ses feux me semblent quand même fichtrement hauts pour un marchand !

— Tu as raison... Ce n'est pas un marchand. C'est un vaisseau de ligne !

— Il a dix fois notre puissance de feu ! Il doit être chargé de soldats !
— Et d'or, aussi !

— Les pièces sont en place et les sabords ouverts... Les pompes sont prêtes, le pont est sablé...
— Fais doubler la ration de rhum !...

— Mais je ne sais pas me battre, moi !...
— Tu apprendras !... Allez, bois !...

— Serre au vent ! barre au plus près !!
— La près !!
— Et toi ?
— Paré, Capitaine !...

— Qui est-ce ?
— Par temps calme, le cuistot ; aux heures chaudes, le chirurgien !... Priez le Diable de ne pas devoir visiter sa cambuse cette nuit !...

— Chargez les pièces !!...

— C'est de la folie !... À un contre dix, nous serons tous massacrés !...
— Trop tard !...

Ils ont embarqué une compagnie ! Je vois briller les casques sur le pont !

Et l'or dans leurs cales, il ne brille pas, lui aussi ?

Hissez nos couleurs !!

Ton baptême, camarade !...

SUITE ET FIN DE CE RÉCIT DANS "PASSE DE L'AU-DELÀ".

www.dargaud.com

© DARGAUD 2002
Tous droits de traduction, de reproduction et d'adaptation strictement réservés pour tous pays.
Dépôt légal : décembre 2002 • ISBN 2-205-05339-6
Imprimé en France en novembre 2002 par PPO Graphic, 93500 Pantin

RODOLPHE

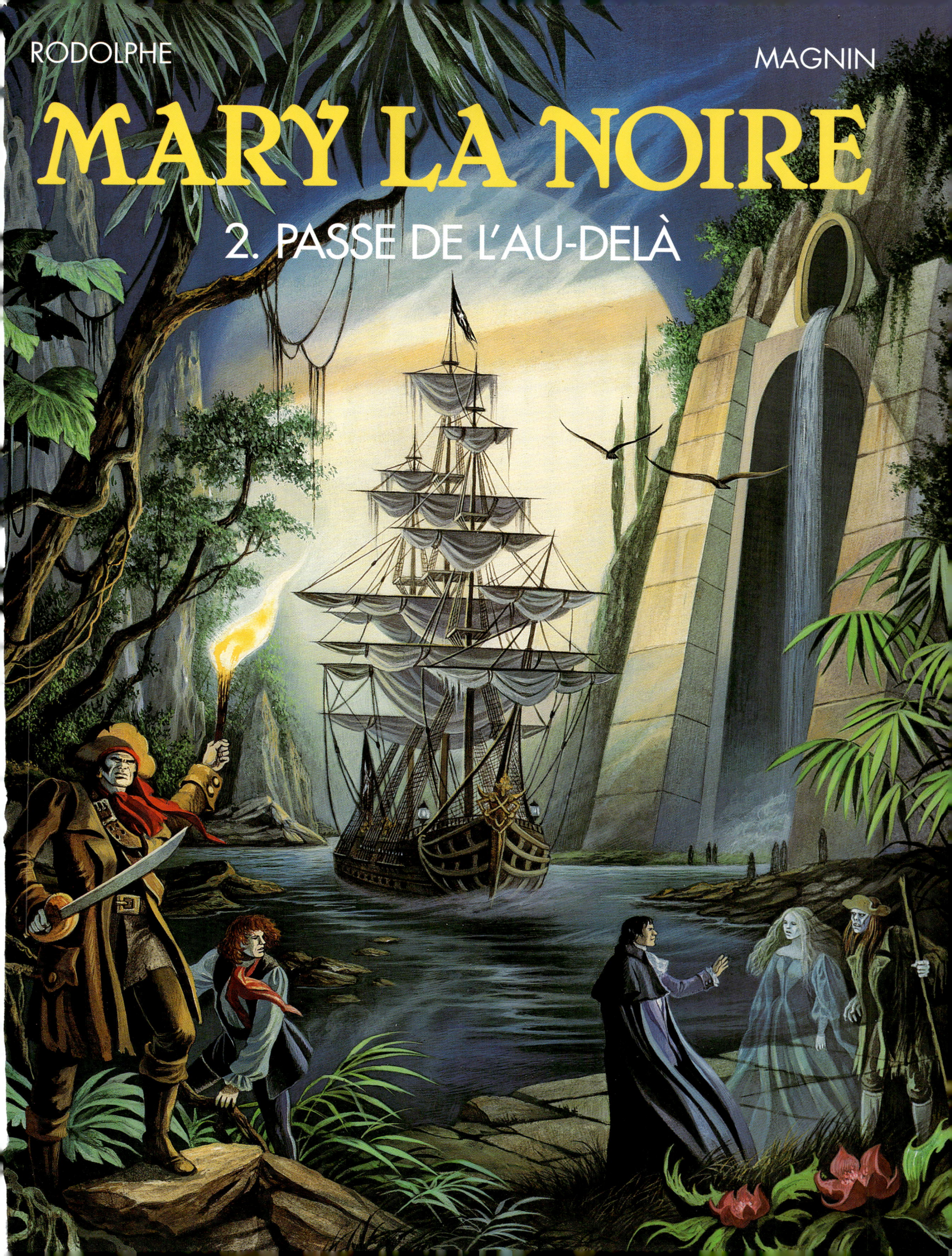

MAGNIN

MARY LA NOIRE

2. PASSE DE L'AU-DELÀ

MARY LA NOIRE

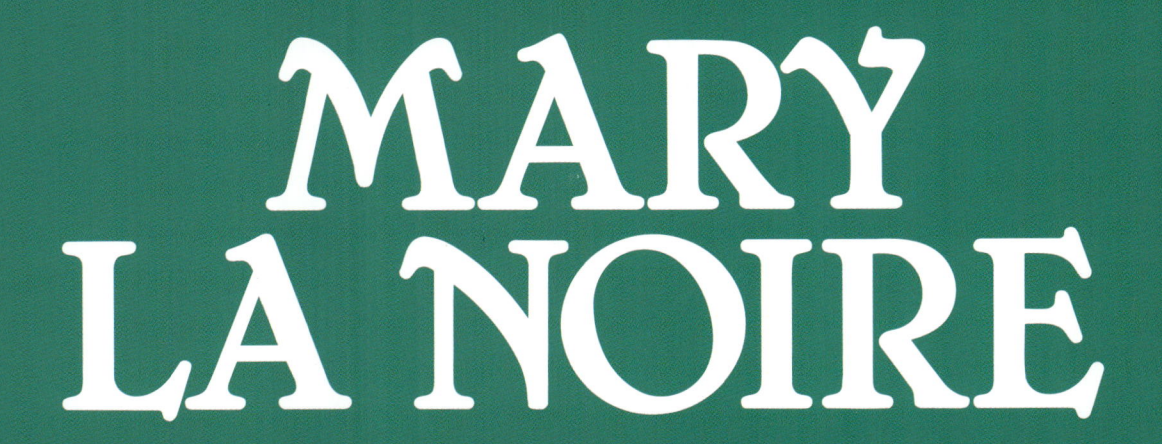

2. PASSE DE L'AU-DELÀ

TEXTE DE RODOLPHE
DESSINS DE FLORENCE MAGNIN

Lettrage : François BATET

DARGAUD

PARIS • BARCELONE • BRUXELLES • LAUSANNE • LONDRES • MONTRÉAL • NEW YORK • STUTTGART

Le combat avait été terrible...

...effroyable !...

Tiré à bout portant par les pièces de l'"Archibald", le "Styx", éventré, prenait l'eau...

L'artimon brisé, les étais arrachés, les ponts défoncés, il n'avançait plus que par le biais...

...comme un gros oiseau blessé et se sachant mourir...

...utilisant ses dernières forces pour tenter de regagner son nid...

Deux compagnies défendaient l'or de l'Archibald...

C'est à un contre dix que les pirates avaient livré combat !

Bon nombre de soldats avaient péri, mais aussi plus de la moitié de l'équipage du Styx !

Partout, sur le pont et l'entrepont, on entendait geindre les blessés et hurler ceux que l'on amputait !

Quelle folie ! Roberts avait raison, trop de compagnons sont morts pour cet or !...

Mmmmm...

Ne bouge pas... Dors... Repose-toi...

Encore y avait-il, parmi les survivants, quantité de blessés incapables d'aider à la manœuvre...

Il n'y a pas que ce Leister...
Pour un homme censé ne savoir manier que la plume, lui aussi s'est rudement bien battu...
...rudement bien!
BAOOOM
BAOOOM
Compagnie... Feu!!!
YAAAA!!! SUS!! SUS!! PAS DE QUARTIER!!!
Par les cornes!! Ils nous contournent! Ils montent sur le Styx!!
À moi, Compagnons!!

— C'est bon, Camarade ! Je m'occupe de ceux-là !

— Le roof ! Il y en a qui sont entrés !

— Eh, toi ! Par ici !

— Seigneur James ! Je vous en supplie !...

PAW

— NON !! NOOON !! PITIÉ !!...

— Une voix de femme ? Ici ?!

— PITIÉ !!!...

— Mon Dieu !! Ce serait...?!...

NOON !! NOOONN !!!...
Léonora !!!
Infâmes salauds !!!
??
Je m'en occ...
TCHLAC
Leister !?
Toi?? Ici?? Mais comment...?!
Plus tard !!
PAW
A MORT
A MORT
YAAAA
?
Merci, l'ami !
RAAAA

— À Leister ! À notre héros !!

— Toi, mon pote, si vraiment tu savais pas t'battre, eh ben t'es le gars qui apprend le plus vite au monde !!

HA HA HA

— À Leister !!

— Combien t'en as tué de ces pingouins ?

— Ça ! J'ai pas eu le temps de les compter tous !

— HA ! HA ! HA !

— J'dirais bien une trentaine !

— Quoi que vous pensiez de lui, ce garçon a largement contribué à notre victoire ! Il s'est réellement comporté en héros !

— Mon héros adoré !...

— Vous auriez tort d'intervenir !...

— Tu as sans doute raison !... Mais ça ne me plaît guère de le voir parader et d'entendre les autres l'acclamer !

— Sans parler de cette petite garce !...

— Dans combien de temps y serons-nous ?

— Deux heures ou trois. Nous avons passé la Corne Noire. Nous n'en sommes plus loin...

— Hum...

— Dieu fasse que le navire tienne jusque là !

— Où suis-je ?...

— Et je suis libre ! Cela voudrait donc dire que nous avons gagné le combat !...

— Le Styx ? La cabine de Mary ?...

— Par le Diable !! Où pouvons-nous être ?!... Quel lieu étrange...

— Le courant forcit et le navire donne de la bande ! Il sera bientôt ingouvernable !

— Allons, Maître Roberts ! Nous avons déjà connu pire !...

— Ça va ! Je la prends !

— Damnée femelle ! Elle nous mènera tout droit en enfer !!...

— ...d'ailleurs, c'est bien là où nous allons !...

— Non, cette passe n'apparaît sur aucune carte ! Je l'ai découverte par hasard, un jour où la moitié de la Royale nous donnait la chasse !...

— C'est en effet un lieu étrange, et l'endroit où nous allons aborder l'est encore bien davantage !...

— Une île ?

— Si l'on veut !... Les anciens appelaient cette partie des mers, "Le Bout du Monde"... On pourrait dire aussi "Le Bout du Temps" ou "La Fin du Rêve"...

— Nous approchons ! Je dois prendre la manœuvre...

— Je viens avec vous...

— Tu aurais mieux fait de rester allongé ! Tu es trop faible !

— Ça va !... Ça va mieux !... On a le crâne dur dans la famille !...

— J'avais remarqué !

— Eh bien, Roberts ! Vous voyez bien : nous sommes passés !

— Hum !...

— On va mouiller dans la petite baie, derrière la Sphynge...

— Okay !

— Mais ?... Elle est habitée, votre île !!

— Si l'on veut !...

— Hélas !...

76

— Le bateau est revenu...
— Oui...
— Il est revenu...

Les premiers temps, ils restent à l'écart. Ensuite...
Eh bien, tu en jugeras par toi-même !
Notre camp est là, derrière cet éperon. Demain nous échouerons le Styx pour commencer les réparations...
Roberts, formez les équipes et distribuez les tâches !
À vos ordres !
Toi, tu vas t'installer ici et te reposer ! Le Coq viendra t'apporter une décoction, et je changerai tes bandages tout à l'heure...
Mais ?... Je suis tout à fait capable de...
D'obéir à mes ordres ? J'espère bien !... Allez, à plus tard, Monsieur à la tête dure !
"De mon bas-flanc, j'observais les pirates aller et venir, et organiser leur camp... L'endroit leur était visiblement familier ; ils y avaient leurs habitudes, sachant où trouver le poisson, où puiser l'eau, où ramasser le bois..."
"En vain espérais-je voir venir des indigènes. Mary avait raison : ils gardaient leurs distances..."
Prudents, ces hurons-là !

— Bon ! Si on s'occupait de ces bandages !
— ?
— Navrée de venir si tard, mais le travail ne manquait pas !
— Eh bien, on dort, camarade ?
— Bonne nuit, toi !

— Il semblerait bien !
— Je ne vais pas le réveiller. Le bandage attendra demain !
— ?

"C'est la même nuit, sans doute beaucoup plus tard, qu'à nouveau je sentis une présence..."

— Mmm ?... Mary ?...

— !!!

"Oh non ! Ce n'était pas du tout Mary !!"

"Œil-de-Chat"?!?

Je... je dois rêver!! Ce n'est pas possible!!

Tu... tu es mort, "Œil-de-Chat"!!

Mort?...

"Oui!... Mort!... À deux pas de moi, lors de l'abordage!..."

"... d'une décharge de mousquet en pleine tête!"

BLAMM!

...Mort, "Œil-de-Chat"?...

AAAAAAHHHH!!!

!?!

Non! N'approche pas!! Je...

C'est bon, Roberts, laissez-nous...

...et toi aussi, "Œil-de-Chat"!

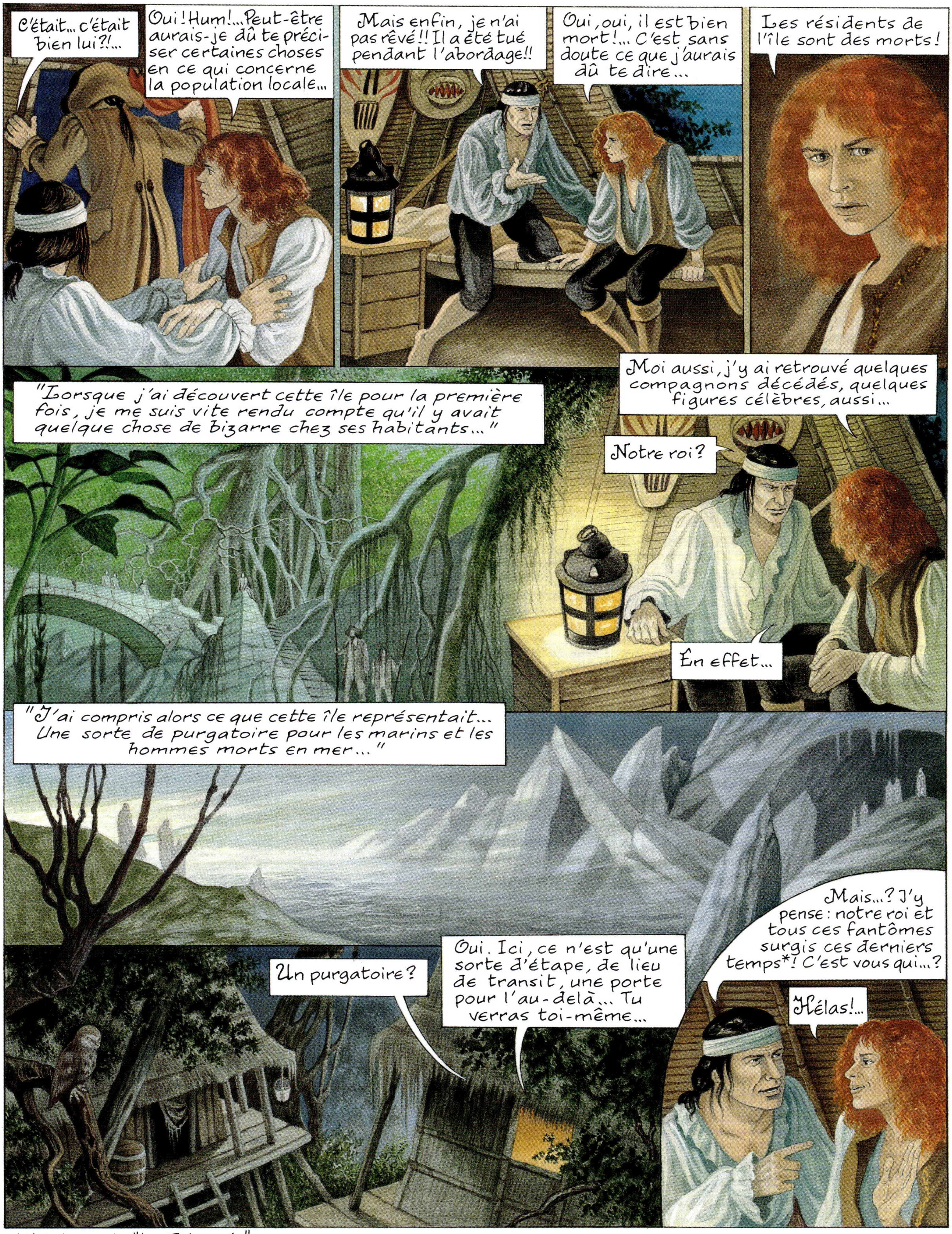

* Voir tome 1 : "Les Trépassés".

"Lors de mon premier voyage, j'avais envisagé, de façon un peu inconsidérée, de les prendre à mon bord... de les ramener chez eux, et de les rendre à leurs familles, moyennant bien sûr une petite récompense pour le service rendu..."

Revenir?... Au pays?

Oui! Montez!

"Ainsi avais-je embarqué Édouard et quelques seigneurs fortunés!... Malheureusement, leur état les rendait totalement ingouvernables!"

Encore?! Mais par où peuvent-ils passer?

"Je découvris, entre autres choses, qu'ils passaient à travers portes et cloisons... Comment, dans ces conditions, les garder à mon bord?"

Regardez!!

?!!

"Lorsque le Styx aborda, près de Mordwick, toute ma cargaison de spectres s'éparpilla aussitôt dans la nature..."

"Chacun regagnant comme il le pouvait son manoir ou son château, y semant une joyeuse pagaille, et me dépossédant, de ce fait, des rançons espérées..."

Hello!

AAAAAAAAHHHHH!!!...

Et Léonora?

Son cas est un peu différent! Car lors de son naufrage avec cet imbécile de Leister, son corps fut repêché et enterré...

— Non, je ne me souviens de rien...
— Mon dernier souvenir fut celui de ma noyade, et le suivant, mon réveil à bord du Styx...
— Tout le reste, c'est Mary qui me l'a appris... Comment elle était allée reprendre mon corps et l'avait porté à Nozara, sa demi-sœur, qui pratique la magie noire et la nécromancie...

— Votre tante m'a raconté...
— Dites-moi : je suis morte, moi aussi ! Alors qu'est-ce que je vous inspire ? De la peur ? Du dégoût ?
— Oh, non ! Rien de tout ça !... Pas du dégoût, en tout cas : vous êtes la plus ravissante ressuscitée que j'aie jamais rencontrée...
— Vraiment ?... J'avais si peur que... vous...
— Venez ! Je vais vous montrer quelque chose...
— Vous ne craignez pas, si l'on s'écarte du camp, que Leister...

— Oh, Leister !... Leister ! Il n'y a pas que lui, quand même !...
— En plus, il est si occupé qu'il ne nous voit même pas !
— C'est là-bas ! De l'autre côté !
— Une belle fille, hein ?
— Oui. Un beau brin de fille !

— Dans ces bosquets ? Mais... ?
— C'est de là qu'on les voit le mieux !
— Qui ça ?
— Chut ! Regardez !

— Regarder quoi? Ces gros tas d'algues, ces...
— Ce ne sont pas des algues!
— Un noyé?!

— Ne me dites pas que c'est pour me faire voir ce triste spectacle que vous m'avez amené jusqu'ici!...
— Par tous les Saints!!
— Le spectacle n'est pas fini! Regardez!...

— Et il en vient d'autres!... Et là, encore d'autres!...
— Oui... Il a dû y avoir un naufrage...

— C'est ici que les courants convergent et les rejettent...
— "C'est vrai... Au bout de quelque temps, dix ou vingt ans pour certains, juste quelques mois pour d'autres..."
— Vers où?
— Et ensuite?... Mary me disait que l'île n'était qu'une sorte de porte ou de passage...
— "Ils s'étiolent et deviennent semblables à des spectres... Le temps est alors venu pour eux d'entreprendre l'ultime voyage..."
— Comment le saurais-je... Ce qu'il y a de l'autre côté de la vie, j'imagine...

Si nous parlions d'autre chose?
Et si nous commencions par sortir d'ici?
Nous ne sommes pas bien, là, tous les deux? À moins que ce ne soit ma présence...
Certes non! Mais...
J'ai terriblement envie que vous m'embrassiez!...
?
JAMES!! JAMES!!
OH, JAMES!! JAMES!! JAMES!!...
Qu'est-ce qu'il y a?
Allez-vous me foutre le camp, bougres de salopards!!
Pardon?...
On gêne?
On faisait juste que regarder!
C'était beau! Beau comme des souvenirs!
MILLE DIABLES!! Si vous ne foutez pas le camp dans la seconde, je vous...
Ils ne sont pas méchants!
On s'en va. On vous laisse...
Sales voyeurs!!
C'était bien, hein, de faire l'amour...
Oui, c'était bien!...
Je me souviens que j'aimais beaucoup ça!
Oui, moi aussi: beaucoup!

— Hein?! Tu veux qu'on partage le butin avec lui?! Et avec l'aristo, aussi?!...
— C'est la loi, tu le sais bien...

— La loi, c'est le partage entre nous! Rien que l'équipage! Eux, ils n'en font pas partie!!
— La "petite pute" c'est ma fiancée!!
— ...et je vais te faire avaler tes insultes, fesse de truie!!
— C'est également ma nièce, si je ne m'abuse!...
— !!
— Il a raison!! Pourquoi pas partager avec la petite pute, tant qu'on y est?!

— Excusez, capitaine! Je ne voulais pas...
— Il vaudrait mieux nous séparer et rentrer chacun de son côté...
— Je le crois aussi!
— Tu as la mémoire bien courte, Holbein!... Et toi aussi, "Morne-Tête"!...
— Sans Leister et Lord James, peut-être n'y aurait-il eu aucun butin à se partager!...
— Oh, Leister, que tu es beau quand tu es en colère! Comme tes yeux brillent!

— Je t'ai cherchée tout l'après-midi! Avec qui traînais-tu encore?
— Personne, voyons!

— Et vous ? Où étiez-vous passé ? Deux bras de plus, ça n'aurait pas été de refus, tout à l'heure !

— Voyons ? Leister ! Il est blessé, il ne peut faire des travaux de force ; il doit se reposer !

— J'aimerais, ma chère nièce, que dorénavant vous ne quittiez plus le périmètre du camp !

— Se reposer ?...

— Hum !...

— Hum !...

— ?

— ...et même, si possible, de votre hutte !

— ...Ceci afin de vous éviter des tentations inutiles et dangereuses !

— Mais, ma tante... ? Quelles tentations ?

— Vous m'avez parfaitement comprise !

— Quant à vous, Leister...

— ...si vous souhaitez éviter de déclencher des fous rires sur votre passage, je vous conseillerais de faire montre d'un peu plus d'autorité à son égard !

— Allons ! Vous n'allez quand même pas lui dire de l'enfermer ou de la battre !

— Pardon ?

— Il ne me semblait pas vous avoir demandé votre avis, Monsieur Beau-de-lui-même !!

— !!

"Je jugeai préférable, les jours suivants, de me faire quelque peu oublier... Aussi, j'entrepris de partir à la découverte de l'île et de ses curieux habitants..."

"Je constatai, en effet, l'étiolement de certains d'entre eux..."

— Messieurs!...
— Bonjour...
— Bonjour...

"Leurs peaux et leurs corps tout entiers devenaient diaphanes, comme s'ils perdaient progressivement matière et réalité..."

— Belle journée, aujourd'hui...
— Aujourd'hui? Ah!...
— Vous avez un beau chapeau!

"Cela signifiait-il que le temps approchait où ils allaient quitter le purgatoire de l'île..."

— Cela fait longtemps que vous êtes ici?... Je veux dire sur l'île...
— Ah?... Euh, je ne sais pas...

"...et s'embarquer pour l'ultime traversée?"

"Comme je le remarquai rapidement, les contacts n'étaient pas aisés : leurs propos semblaient souvent un peu décalés..."

"...et eux-mêmes un peu absents, comme perdus entre leur vie passée et présente..."

— Mesdames!
— Monsieur!
— Monsieur!

"...entre enfance et sénilité..."

— C'est le soleil!
— Oui : le gros soleil jaune!
— La brume grise, elle aussi, elle est belle...

"...rêve et réalité..."

— La brume, elle mélange les choses... C'est comme quand j'étais petit, chez nous, à Averdeen...

— Quel endroit insensé!!

— Peut-être suis-je moi-même mort ou, pour le moins, endormi?...

— ...et qu'on attendait, le soir, que papa rentre, tous les deux avec maman!
— Ah, maman! Elle était si douce et si jolie...

"Oui, c'est sans doute cela... À un certain moment, j'ai dû m'endormir et, depuis, je rêve tout ceci..."
Mais à quel moment le rêve a-t-il commencé ?
Sur le Styx ? À Nordwick ? Chez moi, à Willow ?...
Où encore bien avant ? Beaucoup beaucoup plus tôt ?
"Peut-être ne suis-je même pas Lord James... Peut-être ai-je rêvé cette vie que je crois mienne ?..."
"Perdu dans mes pensées, je n'avais pas remarqué un îlien isolé qui me fixait avec une curieuse intensité..."
?
James ?
Vous... vous connaissez mon nom ?!...
En effet ! Je m'appelle James ! Lord James ! Mais... vous-même... ?...
Je m'appelais Lord Harmoor...
Père ?!!
Oui. Je suis... J'étais votre père... même si nous ne nous sommes guère connus...
Nous nous croisions, parfois nous nous affrontions...
Je ne vous montrais guère grande amitié et vous me le rendiez bien !...
Sottement, comme le font la plupart des vivants, j'imaginais ma vie fort longue, et me disais qu'il serait toujours temps de remédier à cet état...
...et de vous exprimer l'affection sans doute cachée mais profonde que je nourrissais à votre égard !...
Et puis voilà qu'un beau jour le Régina fit naufrage...

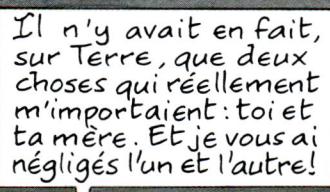

Toute ma vie, toute ma vie d'avant je veux dire, je n'ai fait que courir : après des affaires, des aventures, des femmes...

Dès lors, le temps s'est comme suspendu, et tout se mélange un peu... Les regrets et les remords, les souvenirs et les rêves, la nostalgie...

J'ai traversé l'existence comme quelqu'un de perpétuellement ivre... Ici, vois-tu, lentement nous dessaoulons...

Il n'y avait en fait, sur Terre, que deux choses qui réellement m'importaient : toi et ta mère. Et je vous ai négligés l'un et l'autre !

Papa !

Papa ?... Tu ne m'as jamais appelé comme ça, autrefois !

Non... Sans doute pas !... Et vous-même ne m'aviez jamais tutoyé !

C'est pourtant vrai !

Mais dis-moi, mon fils : toi, que fais-tu de ta vie ? As-tu une femme, des enfants ?...

Non, je... Hum !... Je crains, moi aussi, de "courir", comme vous disiez...

Ah ! N'as-tu donc pas rencontré la compagne qui te conviendrait ?

Non... Enfin, je ne sais plus...

Je l'ai peut-être rencontrée, mais je ne sais pas si c'est une femme ou un démon !

Elle me ressemble tellement !

— Le ciel se couvre rudement vite!

— La bâche!! Amenez la bâche!

— Une vraie tempête, oui!

— Ouais! Et le vent se lève, lui aussi! M'est avis qu'un grain se prépare!

— Où est passé Leister?

— Bah!... Il doit encore courir après sa belle!

— Et elle?

— Je l'ai vue partir tout à l'heure...

— Seule?

— Hum!... Je crois bien que Jeeves n'était pas très loin!...

— Pauvre Leister!

— Pauvre Jeeves, aussi!

PAAAK!!

— Si je te reprends avec elle, **je te tue**!! T'as compris?!

— Leister!!

— Quant à toi, tu ne perds rien pour attendre!! Attends qu'on soit rentrés!

— Pauvres gens!

— Pauvres de nous!

92

Leister! Mon Leister chéri!
Mon fils... J'aurais quelque chose à te demander...
Je t'écoute, père...
Voilà : mon temps ici touche à sa fin et je sens qu'incessamment je vais devoir partir...
C'est un voyage qu'il me faut accomplir, même s'il me fait un peu peur...
Alors j'aimerais que tu sois présent quand j'embarquerai... Te voir là, lors de mon départ, me rendra celui-ci plus facile... Ce sera un peu comme si tu m'accompagnais...
Je te le promets!
Merci.
Rentre-toi vite, tu vas être trempé!
Nous autres ne nous en soucions plus guère, mais je garde un souvenir très déplaisant de ce qu'on appelait "rhume"...
Mais?... Comment saurais-je que le moment dont tu parles est arrivé?
Ne t'inquiète pas! Tu le sauras!
Rentre-toi vite!

Et voilà pour Jeeves ! Et voilà pour Tête-en-plomb ! Et voilà pour Lord James ! Et voilà pour Wyatts !...
Brute ! Brute !! Tu n'es qu'une sale brute !
Et voilà pour tous les autres, les passés et les à venir !!
Si, si, il la bat ! Je t'assure !
?
Une délicieuse sale brute ! Ah, Leister, tu es si fort, si viril !
Il ne la bat pas ! Qu'est-ce que tu racontais ?
Eh bien, faut pas vous gêner ! Allez, ouste ! Du balai !!
Ah, mon Leister ! Prends-moi ! Prends-moi méchamment ! Tu es si beau quand tu es fâché !...
Fâchée ? Oh, non !... Disons peut-être un peu déçue... Je ne t'imaginais pas te commettant avec elle !
Enfin, bah ! Ça doit faire partie de la nature humaine... Masculine, je veux dire...
Je... Hum !... Je voulais vous soumettre une requête...
?
Voilà : j'ai retrouvé mon père, ici, parmi les gens de l'île...
Et je... j'aimerais vous présenter l'un à l'autre...
Me présenter à... ?!...

"Ma blessure était guérie, les travaux de remise en état du Styx touchaient à leur fin..."

Le calfatage est terminé. Demain on pourra commencer le renflouement...

"C'est le soir même que je sus que le moment était venu de rejoindre père..."

"Ni voix, ni signe, ni message : juste une certitude qui s'était imposée à moi..."

Merci ! Merci d'être venu !

De l'autre côté de l'île... Deux cyprès isolés près d'une fontaine...

Je connais...

Père, je te présente Mary...

Merci à vous, aussi !

On m'attend... Il faut y aller...

C'est par là. Tout en bas...

...Rien!...Tu... tu la serreras contre toi, fortement! C'est tout!

Quand tu retourneras chez nous, au pays, et que tu verras ta mère, tu lui diras...

Oui?

J'aurais tant aimé revoir ta mère une dernière fois !... Revoir aussi la maison de mon enfance, et les hautes cimes des sapins qui l'entouraient...

Tout passe si vite !...

Adieu mon fils ! Adieu !... Je te souhaite une bonne vie, mon enfant !... Mon cher enfant !...

Adieu papa!

"Lentement, la barque se fondit dans la brume et disparut..."

"Il m'avait appelé son enfant et, comme un enfant, je me mis à pleurer contre l'épaule de Mary..."

"Le temps, ensuite, sembla s'accélérer... Nous reprîmes la mer, et le Styx ses activités de flibuste..."

Une voile devant! Tribord-amures!

"Nous livrâmes encore maints abordages et maintes fois encore je connus le vertige du combat..."

"À plusieurs reprises nous fîmes escale pour recruter des hommes et nous approvisionner..."

"Certes, j'aurais pu alors quitter le Styx et Mary pour regagner Willow, mais comme la vie m'eût alors semblée fade!"

"Le charpentier m'avait installé une table sur le gaillard arrière. C'est là que je rédigeai "Le Retour de Faust" et que je composai la majeure partie des poèmes du "Blasphémateur..."

Alors?

Je te prenais pour une sorte de scribouilleur et j'avais tort! Même avec ta plume, tu es un pirate...

Tes mots donnent des coups de sabre et tes phrases saignent! Ça sent le diable et la poudre!

Hé! Jolie formule! Je peux la noter?

Dis-moi : tu ne ressens jamais de nostalgie?
Ça dépend. À propos de quoi?
Ta vie, ici, à bord du Styx... Je ne sais pas : tu pourrais rêver d'autre chose...
Mais quoi?
Une vie à terre, peut-être... avec un mari, des enfants...
Ici, on n'embrasse que le vent!
C'est un baiser qui donne le vertige!
Oui, mais un amant volage!
Et toi, que vaux-tu, comme amant?
Oh, pas mieux, j'imagine!
Rêves-tu, toi, de cette vie dont tu parlais? Avec une femme, des enfants...
Je ne sais pas... D'une certaine manière, oui!... De l'autre, j'ai l'impression de vivre ici, avec toi, les plus belles heures de ma vie...
Pourquoi, alors, te poser tant de questions?
Tu as raison...
Je me demande juste parfois comment cela se terminera...
Cela?
Nous deux... Cette vie ici... Toute cette aventure...

"Cette aventure finit comme elle avait commencé : par hasard, par accident..."

"Nous poursuivions un brick et avant de l'aborder, Mary décida d'utiliser la barque que nous avions en remorque pour le surprendre sur son autre bord..."

"Avec Jeeves et cinq autres hommes, j'avais pris place dans celle-ci..."

"Malheureusement, au cours de la nuit, les courants nous firent tellement dériver, qu'au matin, les voiles du brick n'étaient plus qu'un point sur l'horizon !..."

"Trois jours durant, nous dérivâmes de la sorte..."

"Au matin du quatrième, nous distinguâmes la côte, et à midi, les tours de Lochester..."

"Que dire de plus ? Nous abordâmes dans une anse discrète et je saluai mes compagnons, déjà pressés de trouver un autre embarquement..."

"Quant à moi, je me fis reconnaître du libraire de Lochester à qui j'empruntai de quoi changer ma mise et louer une voiture. Voilà..."

100

"Ainsi, après une absence de près de deux ans, me trouvai-je reprendre le fil de mon existence précédente..."

"Je fis éditer Le Retour de Faust et Le Blasphémateur, et entrepris un nouveau roman dont la trame s'inspirait très librement de mon aventure sur le Styx..."

"En 38, j'épousai Éléonor, la troisième fille du duc de Welbourne..."

"Wilfried naquit l'année suivante, et Cyril celle d'après..."

"J'avais, entre-temps, racheté le manoir des Heath-Bell et entrepris les travaux de remise en état..."

"Nous y emménageâmes au début de l'année 46, quelques semaines après que la reine m'eut fait grand officier de l'Ordre du Lion."

"Pourtant..."

— Qu'est-ce que tu regardes, papa?
— La mer...

"J'étais riche, célèbre, apprécié, respecté, entouré d'une femme agréable et de charmants enfants. N'est-ce pas là tout ce qu'un homme peut demander à la vie?"

"Pourtant, il ne se passait pas une journée sans que je songe à Mary et nos compagnons d'alors..."
Vous ne vous couchez pas?
J'arrive...
"Pas une nuit sans que je revive mon aventure à bord du Styx!"
Mmmm...
Qui était ce Richards dont vous parliez dans votre sommeil?
J'ai parlé de...?!
Vous avez juste prononcé son nom ; mais à plusieurs reprises!
Un quartier-maître. Un formidable marin!...
Un gaillard avec une tête à faire peur, mais une poigne à tenir en respect les pires crapules de la terre!...
Hum!... Je ne suis pas sûre de souhaiter lui être présentée!
Rassurez-vous, ma chère : il y a, hélas! peu de chances que nos routes se croisent à nouveau...
"Ce en quoi précisément je me trompais! Car, quelques jours plus tard, alors que je promenais les chiens..."
GRRR...
Eh bien? Qu'avez-vous?
WAH! WAH! WAH!
?!
Richards?!
Oui. C'est bien moi.

Mary : ils l'ont capturée ! Elle est enfermée à Earning Goal ! Elle sera pendue mardi !

Hein ?!?

Mais c'est impossible !! On ne pend pas les gens comme ça ! Il doit y avoir un procès !

Le procès, il a eu lieu il y a douze ans ! Elle a échappé à la corde en s'évadant ! Elle est condamnée par contumace !

Par le Diable ! On ne peut laisser faire ça !!...

Croyez-vous qu'il soit possible de...

...d'organiser une évasion ? On peut essayer !...

...mais ce sera dur ! Très dur ! Une compagnie entière a été affectée à sa garde !

Mmmm... Combien d'hommes avez-vous ?

Huit. Pas un de plus. Et pas un liard ! Le Styx a été arraisonné...

Pour l'argent, je peux me débrouiller. Pouvez-vous vous charger de recruter des hommes et de les armer ?

Ah, il faudrait aussi trouver un plan d'Earning... Savoir dans quelle cellule elle est, où le gibet sera dressé et quel chemin empruntera l'escorte...

Mardi !... Cela ne nous laisse que trois jours pour...

Attendez-moi cinq minutes ! Je pars avec vous !

"Je vécus ces trois jours dans un état second..."

"...partagé entre exaltation et angoisse..."

"...et ces trois nuits à errer au long de rues qui me rappelèrent Isrow, le Rainbow's church..."

"...et Mary."

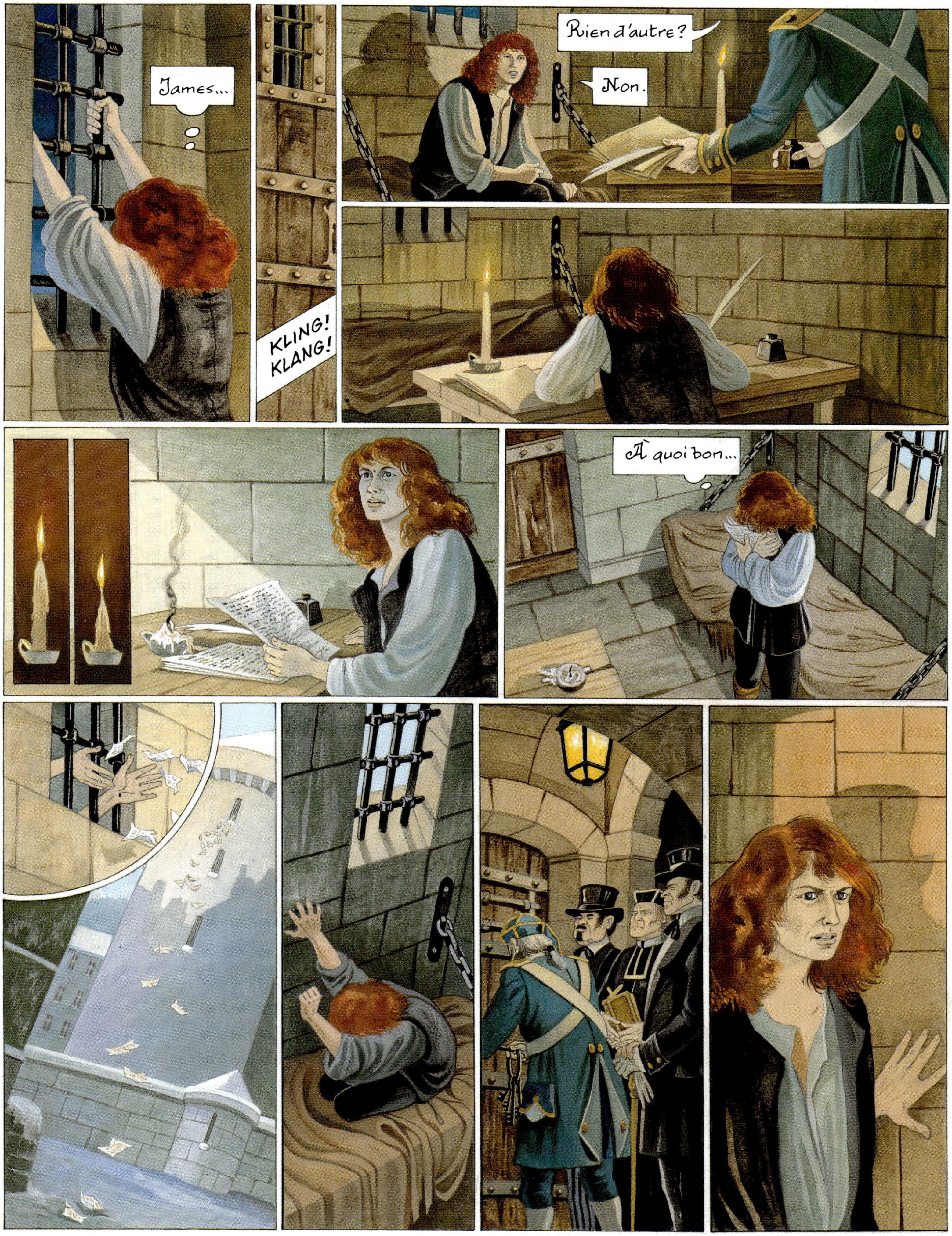
James...
KLING! KLANG!
Rien d'autre?
Non.
À quoi bon...

— Quel monde ! Qu'est-ce qui se passe, aujourd'hui ?
— Une exécution... Mary-la-Noire, la pirate !...
— J'la croyons morte d'puis longtemps !
— Ils l'ont capturée il y a quelques jours ! Mais ça faisait un bail qu'ils lui couraient après !...

— Tu ne restes pas pour la pendaison ?
— Pas le temps !... Agatha m'attend !
— Moi, d'façon, elle m'gênait point : j'prenons jamais l'bateau !

— Combien de temps ?
— Bientôt... Maintenant !

"Richards avait loué les services d'une vingtaine de gredins qui, tôt le matin, s'étaient embusqués sur les toits avoisinants... Au signal donné, ils ouvriraient un feu nourri sur les soldats protégeant l'estrade..."

"... provoquant ainsi une grande panique !... Ce serait alors à nous de jouer !..."

— Les soldats !
— Les voilà ! Ils l'amènent !

— Place ! Place !!... Poussez-vous, marauds !

— Allez, monte !

— Mary !...

"C'était moi qui devais donner le signal, d'un coup de pistolet, en abattant le bourreau..."

PAW PAW PAW PAW

"Aussitôt, vingt fusils crachèrent l'enfer sur la petite place..."

BLAMW!

?!?

— A moi, Compagnons de la Mer !!

Richards?!...
Morne-Tête!!
PAW
Toi?!?
Par ici!!
La ruelle!
Les chevaux
sont là-bas!!
PAW
PAW
PAW
!!!

— Mary!!

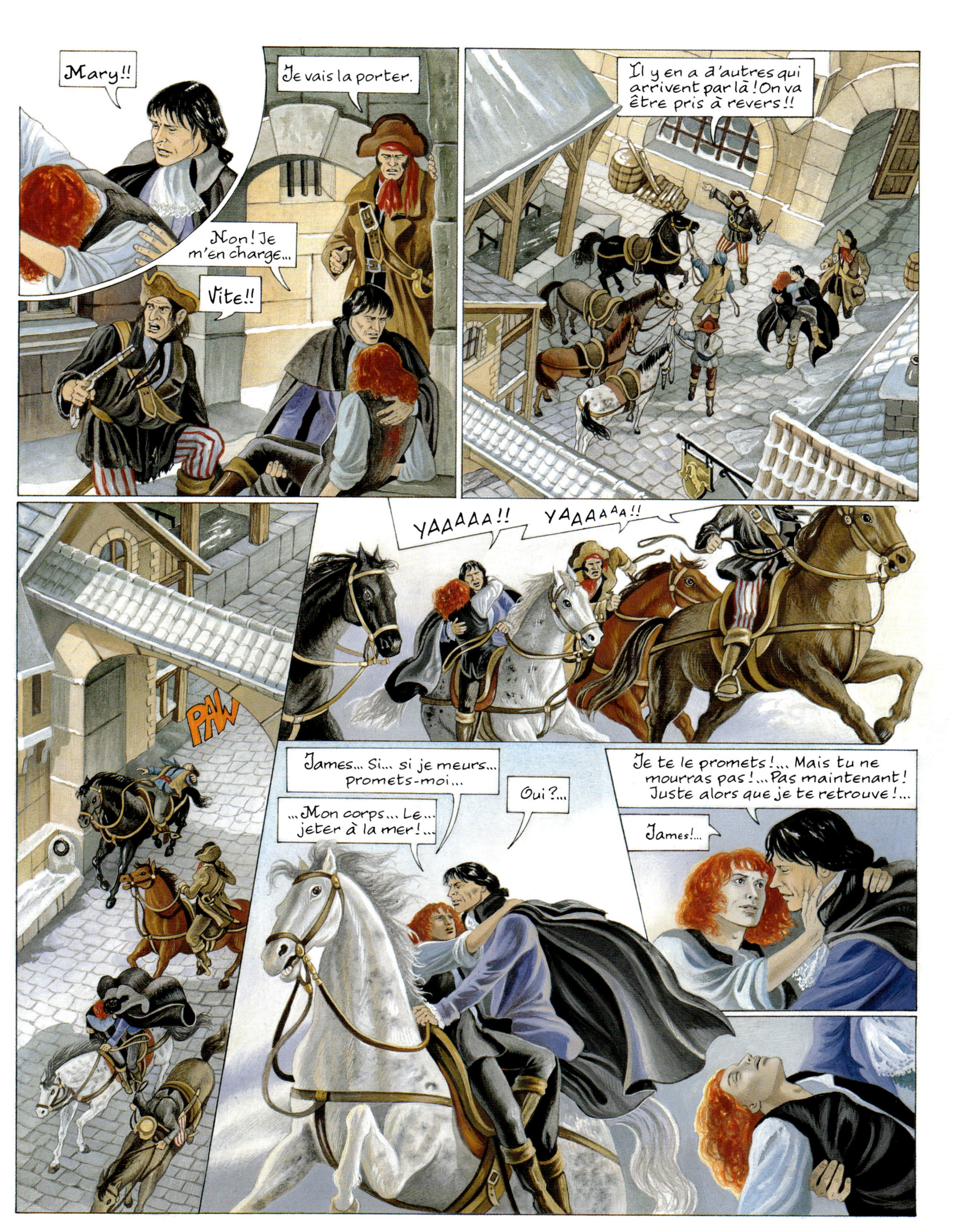

— Je vais la porter.

— Non! Je m'en charge...

— Vite!!

— Il y en a d'autres qui arrivent par là! On va être pris à revers!!

PAW

YAAAAA!! YAAAAAA!!

— James... Si... si je meurs... promets-moi...

— Oui?...

— ...Mon corps... Le... jeter à la mer!...

— Je te le promets!... Mais tu ne mourras pas!... Pas maintenant! Juste alors que je te retrouve!...

— James!...

110

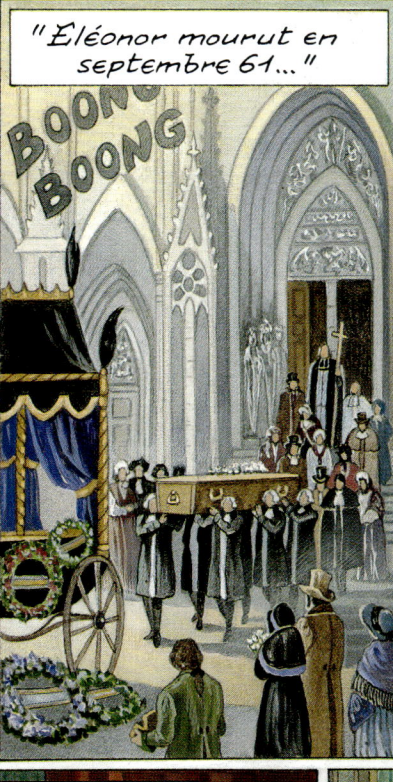

"Une fois encore, la vie reprit ses droits et le Temps son cours..."

KRIIII

KRRIIII

"...son cours vertigineux!"

"Éléonor mourut en septembre 61..."

BOONG BOONG

"...et Wilfried, qui terminait ses études au Royal Collège, se maria au printemps suivant."

"Puis ce fut Cyril qui, à son tour, s'envola vers d'autres horizons..."

"Je restai seul au manoir, avec mes livres, mes souvenirs..."

"...l'ombre des bonheurs enfuis..."

"...et l'image de Mary..."

Mary...

111

"Insidieusement, la vieillesse pénétra mon corps comme le froid de l'automne pénètre les demeures..."

"Un après-midi d'octobre, alors que je corrigeais les épreuves de mon prochain livre..."

— Voici votre thé, Monsieur.

— Merci Helen...

— Ce... Ce n'est pas possible!!...

— Cela fait plus de vingt ans qu'il a été coulé!...

— Et il s'approche!... Il s'approche encore!...

— On dirait qu'il...

— Par tous les Dieux!!

— Richards ! Leister ! Morne-Tête ! Jeeves !...
— Mes amis !!

— Ça fait plaisir de te revoir, camarade !
— Rudement plaisir, oui !
— Mary !!

— Barre à tribord, toute ! Hissez les cacatois !

— Désormais, nous ne nous quitterons plus, n'est-ce pas ?
— Non !

— Mary !!

— Je peux reprendre le plateau, Monsieur?

— Monsieur?

— Oh!!

— Monsieur est mort! Monsieur est mort!! À L'AIDE!!

— Nous ne nous quitterons plus, James...

— ...jamais plus!

Fin

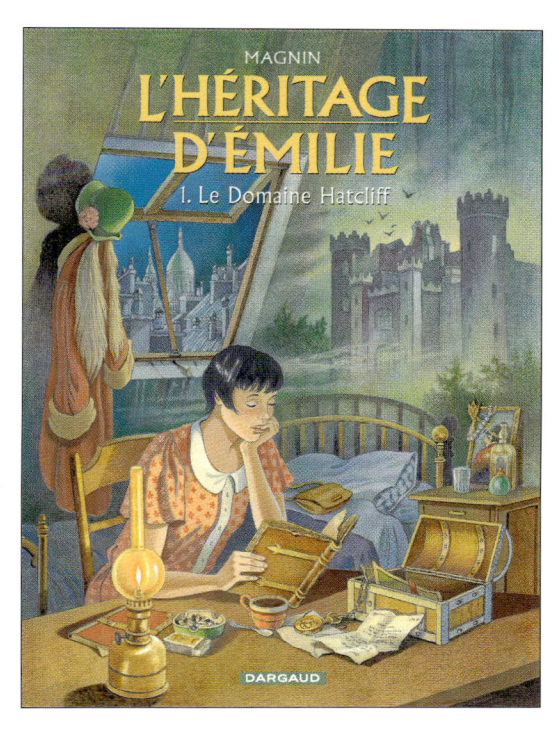

L'Héritage d'Émilie

La nouvelle série de Florence Magnin !

Paris, les années 1920.
Émilie, une jeune femme danseuse au Moulin-Rouge,
reçoit une énigmatique lettre d'un huissier.
Stupéfaite, elle apprend qu'elle hérite —d'un grand-oncle mystérieux—
d'un château situé en Irlande, dans le Connemara !
Mais que cache vraiment ce «cadeau» tombé du ciel ?
Commence alors pour elle un fabuleux voyage,
sur ces terres celtiques que l'on dit sacrées…

Parution du tome 2, *Maeve*, en mars 2003.

Crayonné inédit de la couverture (Maeve)